Rosario Tijeras

Seix Barral Biblioteca Breve

Jorge Franco
Rosario Tijeras

Diseño colección: Josep Bagà Associats
Fotografías: Germán Montes
Fotomontaje: Leonardo Pérez

Primera edición: Plaza & Janés, 1999
Primera edición Editorial Planeta: marzo de 2004

© 2004, Jorge Franco
www.jorge-franco.com

© 2004, Editorial Planeta Colombiana S. A.
Calle 73 No. 7-60, Bogotá

COLOMBIA: www.editorialplaneta.com.co
VENEZUELA: www.editorialplaneta.com.ve
ECUADOR: www.editorialplaneta.com.ec

ISBN: 958-42-0895-0
Impreso por: Printer Colombiana S. A.
Impreso en Colombia - Printed in Colombia

Oración al Santo Juez

Si ojos tienen que no me vean,
si manos tienen que no me agarren,
si pies tienen que no me alcancen,
no permitas que me sorprendan por la espalda,
no permitas que mi muerte sea violenta,
no permitas que mi sangre se derrame,
Tú que todo lo conoces,
sabes de mis pecados,
pero también sabes de mi fe,
no me desampares,
Amén.

UNO

Como a Rosario le pegaron un tiro a quemarropa mientras le daban un beso, confundió el dolor del amor con el de la muerte. Pero salió de dudas cuando despegó los labios y vio la pistola.

—Sentí un corrientazo por todo el cuerpo. Yo pensé que era el beso... —me dijo desfallecida camino al hospital.

—No hablés más, Rosario —le dije, y ella apretándome la mano me pidió que no la dejara morir.

—No me quiero morir, no quiero.

Aunque yo la animaba con esperanzas, mi expresión no la engañaba. Aun moribunda se veía hermosa, fatalmente divina se desangraba cuando la entraron a cirugía. La velocidad de la camilla, el vaivén de la puerta y la orden estricta de una enfermera me separaron de ella.

—Avisale a mi mamá —alcancé a oír.

Como si yo supiera dónde vivía su madre. Nadie lo sabía, ni siquiera Emilio, que la conoció tanto y tuvo la suerte de tenerla. Lo llamé para contarle. Se quedó tan mudo que tuve que reetirle lo que yo mismo no creía, pero de tanto decírselo para sacarlo de su silencio, aterricé y entendí que Rosario se moría.

—Se nos está yendo, viejo.

Lo dije como si Rosario fuera de los dos, o acaso alguna vez lo fue, así hubiera sido en un desliz o en el permanente deseo de mis pensamientos.

—Rosario.

No me canso de repetir su nombre mientras amanece, mientras espero a que llegue Emilio, que seguramente no vendrá, mientras espero que alguien salga del quirófano y diga algo. Amanece más lento que nunca, veo apagarse una a una las luces del barrio alto de donde una vez bajó Rosario.

—Mirá bien donde estoy apuntando. Allá arriba sobre la hilera de luces amarillas, un poquito más arriba quedaba mi casa. Allá debe estar doña Rubi rezando por mí.

Yo no vi nada, sólo su dedo estirado hacia la parte más alta de la montaña, adornado con un anillo que nunca imaginó que tendría, y su brazo mestizo y su olor a Rosario. Sus hombros descubiertos como casi siempre, sus camisetas diminutas y sus senos tan erguidos como el dedo que señalaba. Ahora se está muriendo después de tanto esquivar la muerte.

—A mí nadie me mata —dijo un día—. Soy mala hierba.

Si nadie sale es porque todavía estará viva. Ya he preguntado varias veces pero no me dan razón, no la registramos, no hubo tiempo.

—La muchacha, la del balazo.

—Aquí casi todos vienen con un balazo —me dijo la informante.

La creíamos a prueba de balas, inmortal a pesar de que siempre vivió rodeada de muertos. Me atacó la certeza de que algún día a todos nos tocaba, pero me consolé con lo que decía Emilio: ella tiene un chaleco anti-balas debajo de la piel.

—¿Y debajo de la ropa?

—Tiene carne firme —respondió Emilio al mal chiste—. Y contentate con mirar.

Rosario nos gustó a todos, pero Emilio fue el único que tuvo el valor, porque hay que admitir que no fue sólo cuestión de suerte. Se necesitaba coraje para meterse con Rosario, y así yo lo hubiera sacado, de nada hubiera servido porque llegué tarde. Emilio fue el que la tuvo de verdad, el que se la disputó con su anterior dueño, el que arriesgó la vida y el único que le ofreció meterla entre los nuestros. «Lo mato a él y después te mato a vos», recordé que la había amenazado Ferney. Lo recuerdo porque se lo pregunté a Rosario:

—¿Qué fue lo que te dijo, Farley?

—Ferney.

—Eso, Ferney.

—Que primero mataba a Emilio y después me mataba a mí —me aclaró Rosario.

Volví a llamar a Emilio. No le pregunté por qué no venía a acompañarme, sus razones tendría. Me dijo que él también seguía despierto y que seguramente más tarde pasaría.

—No te llamé para eso, sino para que me dieras el teléfono de la mamá de Rosario.

—¿Supiste algo? —preguntó Emilio.

—Nada. Siguen ahí adentro.

—Pero qué, ¿qué dicen?

—Nada, no dicen nada.

—¿Y ella te dijo que le avisaran a la mamá? —preguntó Emilio.

—Eso dijo antes que se la llevaran.

—Qué raro —dijo Emilio—. Hasta donde yo supe, ya no se hablaba con su mamá.

—No hay nada de raro, Emilio, ahora sí como que es en serio.

Rosario siempre ha luchado por olvidar todo lo que ha dejado atrás, pero su pasado es como una casa rodante que la ha acompañado hasta el quirófano, y que se abre espacio a su lado entre monitores y tanques de oxígeno, donde la tienen esperando a que resucite.

—¿Cómo dijo que se llamaba?

—Se llama —le corregí a la enfermera.

—Entonces, ¿cómo se llama?

—Rosario —mi voz dijo su nombre con alivio.

—¿Apellido?

Rosario Tijeras, tendría que haber dicho, porque así era como la conocía. Pero Tijeras no era su nombre, sino más bien su historia. Le cambiaron el apellido, contra su voluntad y causándole un gran disgusto, pero lo que ella nunca entendió fue el gran favor que le hicieron los de su barrio, porque en un país de hijos de puta, a ella le cambiaron el peso de un único apellido, el de su madre, por un remoquete. Después se acostumbró y hasta le acabó gustando su nueva identidad.

—Con el solo nombre asusto —me dijo el día en que la conocí—. Eso me gusta.

Y se notaba que le gustaba, porque pronunciaba su nombre vocalizando cada sílaba, y remataba con una sonrisa, como si sus dientes blancos fueran su segundo apellido.

—Tijeras —le dije a la enfermera.

—¿Tijeras?

—Sí, Tijeras —le repetí imitando el movimiento con dos dedos—. Como las que cortan.

—Rosario Tijeras —anotó ella después de una risita tonta.

Nos acostumbramos tanto a su nombre que nunca pudimos pensar que se llamara de otra manera. En la oscuridad de los pasillos siento la angustiosa soledad de Rosario en este mundo, sin una identidad que la respalde, tan distinta a nosotros que podemos escarbar nuestro pasado hasta en el último rincón del mundo, con apellidos que producen muecas de aceptación y hasta perdón por nuestros crímenes. A Rosario la vida no le dejó pasar ni una, por eso se defendió tanto, creando a su alrededor un cerco de bala y tijera, de sexo y castigo, de placer y dolor. Su cuerpo nos engañaba, creíamos que se podían encontrar en él las delicias de lo placentero, a eso invitaba su figura canela, daban ganas de probarla, de sentir la ternura de su piel limpia, siempre daban ganas de meterse dentro de Rosario. Emilio nunca nos contó cómo era. Él tenía la autoridad para decirlo porque la tuvo muchas veces, mucho tiempo, muchas noches en que yo los oía gemir desde el otro cuarto, gritar durante horas interminables sus prolongados orgasmos, yo desde el cuarto vecino, atizando el recuerdo de mi única noche con ella, la noche tonta en que caí en su trampa, una sola noche con Rosario muriéndose de amor.

—¿A qué horas la trajeron? —me preguntó la enfermera, planilla en mano.

—No sé.

—¿Como qué horas serían?

—Como las cuatro —dije—. ¿Y qué horas serán ya?

La enfermera volteó a mirar un reloj de pared que estaba detrás.

—«Las cuatro y media» —anotó la enfermera.

El silencio de los pisos es violentado a cada rato por un grito. Pongo mucha atención por si alguno viene de Rosario. Ningún grito se repite, son los últimos alaridos de los que no verán la nueva mañana. Ninguna voz es la de ella; me lleno de esperanza pensando que Rosario ya ha salido de muchas como ésta, de las historias que a mí no me tocaron. Ella era la que me las contaba, como se cuenta una película de acción que a uno le gusta, con la diferencia de que ella era la protagonista, en carne viva, de sus historias sangrientas. Pero hay mucho trecho entre una historia contada y una vivida, y en la que a mí me tocaba, Rosario perdía. No era lo mismo oírla contar de los litros de sangre que le sacó a otros, que verla en el piso secándose por dentro.

—No soy la que pensás que soy —me dijo un día, al comienzo.

—¿Quién sos, entonces?

—La historia es larga, parcero —me dijo con los ojos vidriosos—, pero la vas a saber.

A pesar de haber hablado de todo y tanto, creo que la supe a medias; ya hubiera querido conocerla toda. Pero lo que me contó, lo que vi y lo que pude averiguar fue suficiente para entender que la vida no es lo que nos hacen creer, pero que valdría la pena vivirla si nos garantizaran que en algún momento nos vamos a cruzar con mujeres como Rosario Tijeras.

—¿De dónde salió lo de «Tijeras»? —le pregunté una noche, aguardiente en mano.

—De un tipo que capé —me contestó mirando la copa que después vació en la boca.

Quedé sin ganas de preguntarle más, al menos esa vez, porque después, a cada instante, me atacaba la curiosidad y la bombardeaba con preguntas; unas me las contestaba y otras me decía que las dejáramos para después. Pero todas me las contestó, todas a su tiempo, incluso a veces me llamaba a mi casa a medianoche y me respondía alguna que había quedado en el tintero. Todas me las contestó excepto una, a pesar de repetírsela muchas veces.

—¿Alguna vez te has enamorado, Rosario?

Se quedaba pensando, mirando lejos, y por respuesta sólo me daba una sonrisa, la más bella de todas, que me dejaba mudo, incapacitado para cualquier otra pregunta.

—Vos sí que preguntás güevonadas —también contestaba a veces.

Adonde la metieron entran y salen médicos y enfermeras presurosos, empujando camillas con otros moribundos o conversando entre sí en voz baja y con cara de circunstancia. Entraban limpios y salían con los uniformes salpicados. Imagino cuál de todas será la sangre de Rosario, tendría que ser distinta a la de los demás una sangre que corría a mil por hora, una sangre tan caliente y tan llena de veneno. Rosario estaba hecha de otra cosa, Dios no tuvo nada que ver en su creación.

—Dios y yo tenemos malas relaciones —dijo un día hablando de Dios.

—¿No creés en Él?

—No —dijo—. No creo mucho en los hombres.

Una particularidad de Rosario era que reía poco. No pasaba de sonreír, rara vez le escuchamos una carcajada o cualquier tipo de ruido con el que expresara una emoción. Se quedaba impávida ante un chiste o la situación más grotesca, no la movían ni las cosquillas tiernas con las que Emilio le buscaba la risa, ni los besos en el ombligo, ni las uñas correteando bajo los sobacos, ni la lengua recorriendo su piel hasta la planta del pie. Como mucho ofrecía una sonrisa, de esas que alumbran en la oscuridad.

—Por Dios, Rosario, ¿cuántos dientes tenés?

Otra cosa que nunca supimos fue su edad. Cuando la conocimos, cuando la conoció Emilio tenía dieciocho, yo la vi por primera vez a los pocos meses, dos o tres, y me dijo que tenía veinte; después le oímos decir que veintidós, que veinticinco, después otra vez que dieciocho, y así se la pasaba, cambiando de edad como de ropa, como de amantes.

—¿Cuántos años tenés, Rosario?

—¿Cuántos me ponés?

—Como unos veinte.

—Eso tengo.

La verdad era que sí aparentaba todos los años que mentía. A veces parecía una niña, mucho menor de lo que solía decir, apenas una adolescente. Otras veces se veía muy mujer, mucho mayor que sus veintitantos, con más experiencia que todos nosotros. Más fatal y más mujer se veía Rosario haciendo el amor.

Una vez la vi vieja, decrépita, por los días del trago y el bazuco, pegada de los huesos, seca, cansada como si cargara con todos los años del mundo, encogida. A Emilio también lo metió en ese paseo. El pobre casi se pierde. Se metió tanto como ella y hasta que no tocaron fondo no pudieron salir. Por esos días ella había matado a otro, esta vez no a tijeretazos sino a bala, andaba armada y medio loca, paranoica, perseguida por la culpa, y Emilio se refugió con ella en la casita de la montaña, sin más provisiones que alcohol y droga.

—¿Qué les pasó, Emilio? —fue lo primero que pude preguntar.

—Matamos a un tipo —dijo él.

—Matamos es mucha gente —dijo ella con la boca seca y la lengua pesada—. Yo lo maté.

—Da lo mismo —volvió a decir Emilio—. Lo que haga uno es cosa de los dos. Rosario y yo matamos a un tipo.

—¿A quién, por Dios? —pregunté indignado.

—No sé —dijo Emilio.

—Yo tampoco —dijo Rosario.

También nos quedamos sin saber a cuántos mató. Supimos que antes de conocerla tenía a varios en su lista, que mientras estuvo con nosotros había «acostado», como ella decía, a uno que otro, pero desde que la dejamos hace tres años hasta esta noche cuando la recogí agonizante, no sé si en uno de sus besos apasionados habrá «acostado» a alguien más.

—¿Usted vio al tipo que le disparó?

—Estaba muy oscuro.

—¿Lo cogieron? —volvió a preguntarme la enfermera.

—No —le contesté—. Apenas terminó de besarla salió corriendo.

Cada vez que Rosario mataba a alguno se engordaba. Se encerraba a comer llena de miedo, no salía en semanas, pedía dulces, postres, se comía todo lo que se le atravesara. A veces la veían salir, pero al rato llegaba llena de paquetes con comida, no hablaba con nadie, pero todos, al ver que aumentaba de peso, deducían que Rosario se había metido en líos.

—Estas rayas son estrías —nos las mostró en el abdomen y en las piernas—. Es que yo he sido gorda muchas veces.

A eso de los tres o cuatro meses del crimen, dejaba de comer y comenzaba a adelgazar. Guardaba las sudaderas donde escondía sus kilos y volvía a sus bluyines apretados, a sus ombligueras, a sus hombros destapados. Volvía a ser tan hermosa como uno siempre la recuerda.

Esta noche cuando me la encontré estaba delgada; eso me hizo pensar en una Rosario tranquila, recuperada, alejada de sus antiguas turbulencias, pero al verla caer desmadejada salí de mi engaño de segundos.

—Desde niña he sido muy envalentonada —decía orgullosa—. Las profesoras me tenían pavor. Una vez le rayé la cara a una.

—¿Y qué te pasó?

—Me echaron del colegio. También me dijeron que me iban a meter a la cárcel, a una cárcel para niñas.

—¿Y todo ese alboroto por un rayón?

—Por un rayón con tijeras —me aclaró.

Las tijeras eran el instrumento con el que convivía a diario: su mamá era modista. Por eso se acostumbró a ver dos o tres pares permanentemente en su casa, además, veía que su madre no sólo las utilizaba para la tela, sino también para cortar el pollo, la carne, el pelo, las uñas y, con mucha frecuencia, para amenazar a su marido. Sus padres, como casi todos los de la comuna, bajaron del campo buscando lo que todos buscan, y al no encontrar nada se instalaron en la parte alta de la ciudad para dedicarse al rebusque. Su mamá se colocó de empleada de servicio, interna, con salidas los domingos para estar con sus hijos y hacer visita conyugal. Era adicta a las telenovelas, y de tanto verlas en la casa donde trabajaba se hizo echar. Pero tuvo más suerte, se consiguió un trabajo de por días que le permitía ir a dormir a su casa y ver las telenovelas acostada en la cama. De *Esmeralda*, *Topacio* y *Simplemente María* aprendió que se podía salir de pobre metiéndose a clases de costura; lo difícil entonces era encontrar cupo los fines de semana, porque todas las empleadas de la ciudad andaban con el mismo sueño. Pero la costura no la sacó de la pobreza, ni a ella ni a ninguna, y las únicas que se enriquecieron fueron las dueñas de las academias de corte y confección.

—El hombre que vive con mi mamá no es mi papá —nos aclaró Rosario.

—¿Y dónde anda el tuyo? —le preguntamos Emilio y yo.

—Ni puta idea —enfatizó Rosario.

Emilio me había advertido que no le hablara de su padre; sin embargo, ella misma fue la que puso el tema ese día. Los traguitos la ponían nostálgica, y creo que se conmovió al oírnos hablar de nuestros viejos.

—Debe ser rarísimo tener papá —así comenzó.

Después fue soltando pedazos de su historia. Contó que el suyo las había abandonado cuando ella nació.

—Al menos eso dice doña Rubi —dijo—. Claro que yo no le creo nada.

Doña Rubi era su madre. Pero a la que no se le podía creer nada era a la misma Rosario. Tenía la capacidad de convencer sin tener que recurrir a muchas patrañas, pero si surgía alguna duda sobre su «verdad», apelaba al llanto para sellar su mentira con la compasión de las lágrimas.

—Estoy metido con una mujer de la cual no sé nada —me dijo Emilio—, absolutamente nada. No sé dónde vive ni quién es su mamá, si tiene hermanos o no, nada de su papá, nada de lo que hace, no sé ni cuántos años tiene, porque a vos te dijo otra cosa.

—Entonces, ¿qué estás haciendo con ella?

—Más bien preguntale a ella qué está haciendo conmigo.

Cualquiera podía enloquecerse con Rosario, y si yo no caí fue porque ella no lo permitió, pero Emilio... Al principio lo envidié, me dio rabia su buena suerte, se conseguía a las mejores, las más bonitas; a mí, en cambio, me tocaban las amigas de las novias de Emilio, menos buenas, menos bonitas, porque casi siempre una mujer hermosa anda al lado de una fea. Pero como yo sabía que a él no le duraban mucho las aventuras, esperaba tranquilo con mi fea hasta que él cambiara para cambiar yo también, y esperar a ver si esa vez me tocaba algo mejor. Pero con Rosario fue distinto. A ella no la quiso cambiar, y yo tampoco quise quedarme con ninguna amiga de ella: a mí también me gustó Rosario. Pero tengo que admitirlo: yo tuve más miedo que Emilio, porque con ella no se trataba de gusto, de amor o de suerte, con ella la cosa era de coraje. Había que tener muchas güevas para meterse con Rosario Tijeras.

—Esa mujer no le come cuento a nada —le decíamos a Emilio.

—Eso es lo que me gusta de ella.

—Ha estado con gente muy dura, vos sabés —insistíamos.

—Ahora está conmigo. Eso es lo que importa.

Estuvo metida con los que ahora están en la cárcel, con los duros de los duros, los que persiguieron mucho tiempo, por los que ofrecieron recompensas, los que se entregaron y después se volaron, y con muchos que ahora andan «cargando tierra con el pecho». Ellos la bajaron de su comuna, le mostraron las bellezas que hace la plata, cómo viven los ricos, cómo se consigue lo que uno quiere, sin excepción, porque todo se puede conseguir, si uno quiere. La trajeron hasta donde nosotros, nos la acercaron, nos la mostraron como diciendo miren culicagados que nosotros también tenemos mujeres buenas y más arrechas que las de ustedes, y ella ni corta ni perezosa se dejó mostrar, sabía quiénes éramos, la gente bien, los buenos del paseo, y le gustó el cuento y se lo echó a Emilio, que se lo comió todo, sin masticar.

—Esa mujer me tiene loco —repetía Emilio, entre preocupado y feliz.

—Esa mujer es un balazo —le decía yo, entre preocupado y envidioso.

Los dos estábamos en lo cierto. Rosario es de esas mujeres que son veneno y antídoto a la vez. Al que quiere curar cura, y al que quiere matar mata.

DOS

Desde que Rosario conoció la vida no ha dejado de pelear con ella. Unas veces gana Rosario, otras su rival, a veces empatan, pero si uno le fuera a apostar a la contienda, con los ojos cerrados vería el final: Rosario va a perder. Ella seguramente me diría, como me dijo siempre, que la vida nos gana a todos, que termina matándonos de cualquier forma, y yo, seguramente, tendría que decirle que sí, que tiene razón, pero que una cosa es perder la pelea por puntos y otra muy distinta es perderla por «nocaut».

Cuanto más temprano conozca uno el sexo, más posibilidades tiene de que le vaya mal en la vida. Por eso insisto en que Rosario nació perdiendo, porque la violaron antes de tiempo, a los ocho años, cuando uno ni siquiera se imagina para qué sirve lo que le cuelga. Ella no sabía que podían herirla por ahí, por el sitio que en el colegio le pedían que cuidara y se enjabonara todos los días, pero fue precisamente por ahí, por donde más duele, que uno de los tantos que vivieron con su madre, una noche le tapó la boca, se le trepó encima, le abrió las piernitas y le incrustó el primer dolor que Rosario sintió en su vida.

—Ocho añitos no más —recordó con rabia—. Eso no se me va a olvidar nunca.

27

Parece que esa noche no fue la única, al tipo le quedó gustando su infamia. Y según me contó Rosario, incluso después de que doña Rubi cambiara de hombre, la siguió buscando, en la casa, en el colegio, en el paradero del bus, hasta que no aguantó más y le contó todo a su hermano, el único que parece que de verdad la quería.

—Johnefe se encargó de todo, calladito la boca —dijo Rosario—. El que me contó fue un amigo suyo, después de que me lo mataron.

—¿Y al tipo qué le hicieron?

—A ése... lo dejaron sin con qué seguir jodiendo.

Aunque al hombre lo dejaron sin su arma malvada, a ella nunca se le quitó el dolor, más bien le cambió de sitio cuando se le subió para el alma.

—Ocho añitos —repitió—. Qué putería.

Doña Rubi no quiso creer la historia cuando Johnefe se la contó iracundo. Tenía la manía de defender a los hombres que ya no estaban con ella, y de atacar al de turno. La consabida manía de las mujeres de querer al hombre que no se tiene.

—Ésos son cuentos de la niña, que ya tiene imaginación de grande —dijo doña Rubi.

—La que la tiene grande es usted, mamá —le replicó Johnefe furioso—. Y no estoy hablando de la imaginación.

Él quería a Rosario porque era su única hermana de verdad, «hijos del mismo papá y de la misma mamá», eso afirmaba la madre. Lo que les parecía extraño era que se llevaban muchos años, y no se conocía hombre que le durara tanto tiempo a la señora. Pero a pesar de las sospechas a la única que admitió y llamó como hermana fue a Rosario, los demás fueron simplemente «los niños de doña Rubi».

—¿Cuántos hermanos tenés, Rosario? —le pregunté por casualidad.

—¡Jum! Ya ni sé cuántos seremos —dijo—, porque despúes de que me fui supe que doña Rubi siguió teniendo niñitos. Como si tuviera con qué sostenerlos.

Rosario se fue de su casa a los once años. Inició una larga correría que nunca le permitió estar más de un año en un mismo sitio. Johnefe fue el primero que la recibió. La habían echado del último colegio donde se arriesgaron a recibirla a pesar de la historia del «rayón» y de otras cuantas faltas similares, pero esta última —secuestrar toda una mañana a una profesora y cortarle el pelo a tijeretazos locos— no tuvo perdón sino, más bien, nuevas amenazas de enviarla a un correccional.

—Pues si en la cárcel no te reciben —le dijo doña Rubi, fuera de sí—, en esta casa tampoco. Te largás ya mismo.

Rosario se refugió feliz y dichosa donde su hermano. Nadie dudaba que lo quería más que a su mamá, y más que a nadie el mundo.

—Más que a Ferney, inclusive —decía orgullosa.

Ferney era amigo de Johnefe, parceros y compañeros de combo. Tenían la misma edad, unos cinco años mayores que Rosario. Ella lo quiso desde siempre, desde que lo vio entendió que Ferney era un hermano con el que se podía pecar.

—Nunca me imaginé que yo fuera a tener un rival de las comunas —decía Emilio.

—Te van a matar —le advertíamos inútilmente.

—Primero lo matan a él. Ya verán.

Cuando Emilio conoció a Rosario, ella ya no estaba con Ferney. Hacía tiempo que había abandonado sus barrios y su gente. Los duros de los duros la habían instalado en un apartamento lujoso, por cierto muy cerca del nuestro, le dieron carro, cuenta corriente y todo lo que se le antojara. Sin embargo, Ferney seguía siendo su ángel de la guarda, su amante clandestino, su servidor incondicional, el reemplazo de su hermano muerto. Ferney también se volvió el dolor de cabeza de Emilio, y éste, la piedra en el zapato de Ferney. Aunque se vieron muy pocas veces, entablaron una enemistad de la cual Rosario fue la mensajera. Ella era quien llevaba los recados del odio mutuo.

—Decile a ese hijueputa que se cuide —le mandaba decir Ferney.

—Decile a ese hijueputa que ya me estoy cuidando —le mandaba a decir Emilio.

—¡Y por qué no se matan de una vez y me dejan a mí tranquila! —les decía Rosario—. Me tienen hasta acá con el lleve y traiga.

Rosario se quejaba pero en realidad siempre le gustó el duelo. En cierta forma, ella fue quien más lo propició, era la que más llevaba y traía, y respaldada por sus mentiras, le encantaba enredar la pugna.

Cuando por fin mataron a Ferney, pensamos que Rosario se iba a resentir con nosotros, especialmente con Emilio, que sentía un rencor muy fuerte por él, pero no, no fue así, uno nunca sabía qué esperar de Rosario.

—La policía lo está buscando —me dijo de pronto una enfermera.

—¿A mí? —le contesté, todavía pensando en Ferney.

—¿No trajo usted a la mujer del balazo?

—¿A Rosario? Sí, fui yo.

—Pues salga que quieren hablar con usted.

Afuera había por lo menos una docena de tombos. Por un instante pensé que nos habían montado todo un operativo, como los de las buenas épocas en que me dio por acompañar a Emilio y a Rosario en sus locuras.

—No se asuste —me dijo la enfermera al verme la cara—. Los fines de semana hay más policías que médicos.

Me señaló a los que estaban encargados de nuestro caso: un par de oficiales opacos, como sus caras, como sus uniformes. Con la displicencia que aprendieron sueltan su interrogatorio como si yo fuera el criminal y no ellos. Que por qué la mató, con qué le disparó, quién era la muerta, qué parentesco o relación tenía conmigo, dónde estaba el arma asesina, dónde estaban mis cómplices, que si estaba borracho, que quedaba detenido, que los acompañara por sospechoso.

—Yo no he matado a nadie, tampoco he disparado, muerta no hay porque todavía está viva, se llama Rosario y es amiga mía, no tengo arma y mucho menos asesina, no tengo cómplices porque el que disparó fue otro, ya no estoy borracho porque con el susto se me bajaron los tragos, y en lugar de estar preguntándome carajadas y buscando donde no es, deberían dedicarse a coger al que nos metió en esto —les dije.

Di media vuelta sin importarme lo que pudieran hacer. Me gritaron que no me fuera creyendo tan machito, que más tarde nos veríamos otra vez, y volví a mi rincón penumbroso, más cerca de ella.

—Rosario —no me cansaba de repetir—, Rosario.

He tenido que luchar con la memoria para recordar cuándo y dónde la habíamos visto por primera vez. La fecha exacta no la ubico, tal vez hace seis años, pero el lugar sí. Fue en Acuarius, viernes o sábado, los días que nunca faltábamos. La discoteca fue uno de esos tantos sitios que acercaron a los de abajo que comenzaban a subir, y a los de arriba que comenzábamos a bajar. Ellos ya tenían plata para gastar en los sitios donde nosotros pagábamos a crédito, ya hacían negocios con los nuestros, en lo económico ahora estábamos a la par, se ponían nuestra misma ropa, andaban en carros mejores, tenían más droga y nos invitaban a meter —ése fue su mejor gancho—, eran arriesgados, temerarios, se hacían respetar, eran lo que nosotros no fuimos pero en el fondo siempre quisimos ser. Les veíamos sus armas encartuchadas en sus braguetas, aumentándoles el bulto, mostrándonos de mil formas que eran más hombres que nosotros, más berracos. Les coqueteaban a nuestras mujeres y nos exhibían las suyas. Mujeres desinhibidas, tan resueltas como ellos, incondicionales en la entrega, calientes, mestizas, de piernas duras de tanto subir las lomas de sus barrios, más de esta tierra que las nuestras, más complacientes y menos jodonas. Entre ellas estaba Rosario.

—Cómo fue que te enamoraste de ella —le pregunté a Emilio.

—Apenas la vi, quedé listo.

—Yo sé que cuando la viste te gustó, pero yo me refiero a lo otro, a enamorarse, ¿sí me entendés?

Emilio se quedó pensativo, no sé si tratando de entender lo que yo le decía o buscando ese momento cuando uno ya no se puede echar para atrás.

—Ya me acuerdo —dijo—. Una noche después de rumbear, Rosario me dijo que tenía hambre y fuimos a comer perros calientes, por ahí, en uno de esos carritos de la calle, y ¿sabés lo que pidió?: perro caliente sin salchicha.

—¿Y? —No se me ocurrió qué más preguntar.

—Cómo que «¿y?». Cualquiera se enamora con eso.

Yo no sé si un perro caliente sin salchicha lo puede hacer perder a uno, pero de lo que sí estoy seguro es de que Rosario ofrece mil razones para enamorarse de ella. La mía no la puedo especificar, no hubo una particular que me hiciera adorarla, creo que fueron las mil juntas.

—¿A vos te gusta Rosario? —me preguntó Emilio.

—¿A mí? Vos estás loco —le mentí.

—Te ponés contento cuando estás con ella.

—Eso no quiere decir nada —volví a mentir—. Me cae muy bien, somos muy buenos amigos. Eso es todo.

—¿Y de qué hablan todo el día? —preguntó Emilio con un tonito que no me gustó.

—De nada.

—¿De nada? —volvió a preguntar subiendo el tonito.

—Pues hombre, de cosas, ¿sí?, hablamos de todo un poquito.

—Me parece muy raro.

—¿Qué tiene de raro? —le pregunté.

—Pues que conmigo no habla nada.

Rosario y yo nos podíamos pasar toda una noche hablando, y no miento cuando digo que hablábamos de todo un poquito, de ella, de mí, de Emilio. Las palabras no se nos cansaban de salir, no sentíamos sueño ni hambre cuando nos dedicábamos a conversar, las horas pasaban de largo sin darnos cuenta, sin estropear nuestra conversación. Rosario hablaba mirando a los ojos, me atrapaba con ellos por más tonto que fuera el tema, me llevaba a través de su mirada oscura hasta lo más hondo de su corazón; de su mano me mostraba los pasadizos escabrosos de su vida, cada mirada y cada palabra eran un viaje que sólo hacía conmigo.

—Si te contara —decía antes de contarme todo.

Hablaba con los ojos, con la boca, con toda su cara, lo hacía con el alma cuando hablaba conmigo. Me apretaba el brazo para enfatizar algo, o me ponía su mano delgada sobre el muslo cuando lo que me contaba se complicaba. Sus historias no eran fáciles. Las mías parecían cuentos infantiles al lado de las suyas, y si en las mías Caperucita regresaba feliz con su abuelita, en las de ella, la niña se comía al lobo, al cazador y a su abuela, y Blancanieves masacraba los siete enanos.

Casi nada quedó por hablar entre Rosario y yo. Fueron muchos años de horas y horas entregados a nuestras historias, ella siguiendo mi voz con su mirada y yo perdiéndome en sus palabras y en sus ojos negros. Hablábamos de todo un poquito, menos de amor.

—¿Es su novia? —me preguntó una enfermera ociosa.

—¿Quién? ¿Rosario?

—La joven que trajo herida.

Nunca pude saber exactamente qué tipo de relación sostuve con Rosario. Todo el mundo sabía que éramos muy amigos, tal vez más de lo normal, como decían muchos, pero nunca trascendimos más allá de lo que la gente veía. Bueno, nunca excepto una noche, esa noche, mi única noche con Rosario Tijeras. Por lo demás, éramos sólo dos buenos amigos que se abrieron sus vidas para mostrarse cómo eran, dos amigos que, y apenas hoy me doy cuenta, no podían vivir el uno sin el otro, y que de tanto estar juntos se volvieron imprescindibles, y que de tanto quererse como amigos, uno de ellos quiso más de la cuenta, más de lo que una amistad permite, porque para que una amistad perdure todo se admite, menos que alguno la traicione metiéndole amor.

—Parcero —me decía Rosario—. Mi parcero.

De los años que pasé junto a ella, sólo me quedaron dos dudas: la pregunta que nunca me respondió, y qué hubiera pasado con nosotros si Emilio no hubiera estado por medio. Ahora pienso que tal vez no hubiera pasado nada distinto, lo digo por esa manía absurda que tienen las mujeres de unirse no al hombre que quieren, sino al que les da la gana.

—Vos le gustás a Rosario —insistía Emilio.

—No digás güevonadas —insistía yo.

—Es que es muy raro.

—¿Qué es lo raro?

—Que a mí no me mira como te mira a vos.

TRES

Un vecino de más arriba, casi donde termina el barrio, fue la primera víctima de Rosario Tijeras. Por él le pusieron el apodo y con él aprendió que podía defenderse sola, sin la ayuda de Johnefe o Ferney. Con él aprendió que la vida tenía su lado oscuro, y que ése le había tocado a ella.

—Ese día había bajado al centro a comprarme unos trapos con un billetico que me dio Johnefe. Gloria me acompañó a hacer las vueltas, y ya de regreso, como ella vivía más abajito, se quedó primero y yo seguí sola. Una oía muchas historias, pero a mí nunca me dio miedo andar por esas calles, nunca pensé que se metieran conmigo siendo hermana de Johnefe. Pero ya casi llegando me salieron dos tipos de arriba, eran del combo de Mario Malo, un tipo al que todos le corrían, menos Johnefe, por eso pensé que ni ellos se meterían conmigo, pero esa noche se metieron. Estaba muy oscuro y yo no reconocí sino a uno, al que le dicen Cachi, al otro no lo vi bien. Los dos me arrastraron hasta una zanja mientras yo gritaba y pataleaba, pero vos sabés que por allá mientras más grite uno, la gente más se asusta y más se encierra. La cosa fue que me volvieron el vestido mierda y después me volvieron mierda a mí. El otro me tenía y me tapaba la boca mientras el Cachi hacía lo que hacía. Cuando le tocó el turno al otro, pude gritar porque me soltó para acomodarse, y una gente me oyó y después se asomaron, pero este par de maricas salieron corriendo por la cañada. Ya te podés imaginar cómo llegué a donde mi hermano, estaba vuelta nada y llorando como una loca, pero más loco se puso él cuando me vio, me preguntó qué me había pasado, quién me había hecho eso para matar a ese hijueputa, pero yo no le decía nada, yo sabía que era la gente de Mario Malo, y que si yo hablaba se iba a formar la guerra más tenaz y que ellos eran muy capaces de matar a Johnefe, pero él insistía, me decía que si no le contaba me mataba, y yo le dije que entonces me matara porque yo no los había visto, que a lo mejor era gente de otro lado.

Rosario interrumpió su historia, se quedó mirando un punto fijo de la mesa; yo miré para otro lado porque no sabía para dónde mirar, después vi que encogió los hombros y me sonrió.

—¿Y entonces? —me atreví a preguntar.

—¿Entonces? Nada. Quedé vuelta mierda mucho tiempo; además, Johnefe no me hablaba, estaba furioso porque yo no le conté quiénes habían sido, pero yo no quería que le pasara algo a él, ya con lo mío era suficiente. Pero lo que Johnefe nunca supo fue que después me pude desquitar. Imaginate que como a los seis meses, un día en que fui a visitar a doña Rubi, me encontré por la calle con el Cachi. Casi me muero del susto, pero parece que no me reconoció. Lo que yo creo es que él no me vio bien la cara esa noche, porque yo sé que esa gente queda muy tocada cuando se meten con uno porque piensan que uno los va a sapear o les va a ajustar cuentas, pero éste, sabés lo que hizo, se puso a coquetearme y a decirme güevonadas. Qué tal, ¿ah?

—¿Y entonces?

—¿Entonces? Pues que cada vez que iba a donde doña Rubi me lo encontraba, y fue hasta que le perdí el miedo, hasta que decidí que ese tipo me las tenía que pagar, entonces yo le seguí el jueguito de las risitas y el coqueteo hasta ponerlo bien contento, y al tiempo, como al mes, un día en que no encontré a doña Rubi, le dije que pasara, que entrara que mi mamá no estaba, y no te imaginás cómo se le abrieron los ojos, y claro, yo ya sabía lo que iba a hacer, entonces lo entré al cuarto que era mío, le puse musiquita, me dejé dar besitos, me dejé tocar por donde antes me había maltratado, le dije que se quitara la ropita y que se acostara juicioso al lado mío, y yo lo empecé a sobar por allá abajo, y él cerraba los ojos diciendo que no lo podía creer, que qué delicia, y en una de esas saqué las tijeras de doña Rubi que yo había metido debajo de la almohada y, ¡taque!, le mandé un tijeretazo en todas las güevas.

—¡No! —exclamé.

—Sí, imaginate. El tipo empezó a gritar como un loco, y yo más duro le gritaba que se acordara de la noche de la cañada, que me mirara bien para que no se le fuera a olvidar mi cara y empecé a chuzarlo por todas partes, y el tipo desangrándose salió corriendo, sin güevas y sin ropa, y la gente de la calle apenas miraba.

—¿Y entonces?

—¿Entonces? No lo volví a ver, ni a saber de él; además, doña Rubi se puso histérica con el sangrerío que le dejé en la casa y me dijo que no me quería volver a ver por allá.

—Y a todas éstas, ¿cuántos años tenías, Rosario? —le pregunté.

—Acababa de cumplir trece años, eso nunca se me va a olvidar.

Cada vez que Rosario contaba una historia, era como si la viviera de nuevo. Con la misma intensidad abría sus ojazos para asombrarse como antes o manoteaba con la ansiedad de un hecho recién ocurrido y volvía a traer el odio, el amor o el sentimiento de entonces, acompañado de una sonrisa o, como la mayoría de las veces, de una lágrima. Rosario podía contar mil historias y todas parecían distintas, pero a la hora de un balance, la historia era sólo una, la de Rosario buscando infructuosamente ganarle a la vida.

—¿Ganarle qué? —me preguntó a propósito Emilio, que no sabía mucho de estas cosas.

Ganarle simplemente, doblegarla, tenerla a sus pies como a un contendor humillado, o al menos engañarse, como estamos todos los que creemos que la cuestión se resuelve con una profesión, una esposa, una casa segura y unos hijos. La pelea de Rosario no es tan simple, tiene raíces muy profundas, de mucho tiempo atrás, de generaciones anteriores; a ella la vida le pesa lo que pesa este país, sus genes arrastran con una raza de hidalgos e hijueputas que a punta de machete le abrieron camino a la vida, todavía lo siguen haciendo; con el machete comieron, trabajaron, se afeitaron, mataron y arreglaron las diferencias con sus mujeres. Hoy el machete es un trabuco, una nueve milímetros, un changón. Cambió el arma pero no su uso. El cuento también cambió, se puso pavoroso, y del orgullo pasamos a la vergüenza, sin entender qué, cómo y cuándo pasó todo. No sabemos lo larga que es nuestra historia pero sentimos su peso. Y Rosario lo ha soportado desde siempre, por eso el día en que nació no llegó cargando pan, sino que traía la desgracia bajo el brazo.

—Quiubo, ¿qué se ha sabido? —me preguntó Emilio apenas contestó el teléfono.

—Nada. Siguen con ella ahí adentro.

—Pero qué, ¿qué dicen?

—No dicen nada, nadie sabe nada.

—Entonces ¿para qué me llamaste? —dijo ofuscado—. Llamame cuando sepás algo. Estoy preocupado, hermano.

—¿Qué horas serán? —le pregunté.

—Ni idea —dijo—. Deben ser como las cuatro y media.

Johnefe pensó que a Rosario la habían embarazado con la violación. Vio cómo se fue engordando pero las cuentas no le daban. La obligó a ir al centro de salud para que lo sacaran de dudas, a pesar de que ella insistía en que no había embarazo alguno.

—Más te vale —le decía él—, porque en esta casa no vamos a criar hijueputicas.

Lo que no notó Johnefe es que Rosario podía vaciar la nevera en un día. Ella se las ingeniaba para que nadie lo notara. Volvía a colocar adentro los empaques vacíos de lo que ya se había devorado, reponía lo que se comía con lo que le fiaban en la tienda de la esquina, si es que no se lo engullía antes en el trayecto a su casa. Pero fue precisamente la cuenta del tendero la que sacó a Johnefe de dudas y de paso delató a Rosario.

—A ver, explicame —le dijo con la cuenta en la mano—: cinco libras de tocineta, tres de azúcar, dos litros de helado, una torta, veintitrés chocolatinas, ¿a qué horas puede uno comerse veintitrés chocolatinas?, seis docenas de huevos, ocho libras de carne, doce litros de leche, y aquí solamente comemos yo, vos y Deisy, y esta cuenta es de este mes, solamente de este mes, haceme el favor y me explicás.

—¿Qué querés que te explique? —le contestó desafiante—. Me la comí toda, y si vas a chillar por esa puta cuenta yo la pago.

—Pues si a leguas se nota que te comiste todo. ¿Y vos estás pensando que yo salgo a quebrarme el culo para que vos te quedés aquí sin hacer nada engordándote como una vaca mientras a mí me toca arriesgar el pellejo poner la cara frentear la vida conseguirme el billete para que vos vivás acá de arrimada y como una reina?

—Pues si te choca tanto —siguió Rosario con el mismo tono—, me devuelvo para donde mi mamá.

—Vos sabés que doña Rubi no te quiere ni ver. Yo no sé vos qué hiciste por allá, pero como que le dejaste la casa vuelta mierda, ¿qué fue lo que hiciste, Rosario?, porque ese cuentico de la menstruación no se lo cree nadie, porque si es verdad, vos entonces te estás muriendo. Y no te pongás a llorar, no llorés, y vos tampoco Deisy, vea pues, ¿por qué será que todas las mujeres se ponen a llorar cuando uno les habla?

—Yo no estoy llorando —dijo Rosario llorando.

—Yo tampoco —dijo Deisy, ahogada en lágrimas.

Rosario casi siempre lloraba por rabia, pocas veces la vi hacerlo por tristeza. Lo cierto es que no era adicta al llanto, sólo recurría a él en situaciones extremas, y ver a su hermano, el amor de su vida, enfadado con ella, era una de esas situaciones.

—Por él siempre volvía a adelgazar —dijo recordándolo—. No le gustaba verme gorda, me encendía a cantaleta cuando me veía pasada de kilos. Además, cuando me veía inflada, le daba por averiguar en qué andaba yo por esos días. No le gustaba que me metiera en líos.

Varias veces me tocó verla gorda, las mismas veces que se metía en un problema de gran tamaño, las tantas veces que sincronizó un beso con un balazo.

—¡Yo no entiendo esa manía tuya de besar a los muertos! —le decía Emilio iracundo.

—¿Cuáles muertos? —respondía ella—. Yo los beso antes de que se mueran.

—Da lo mismo, pero qué tienen que ver los besos con la muerte.

Emilio aprendió a hablar de la muerte con la misma naturalidad con que ella mataba. En su afán por seguirla, se fue metiendo poco a poco en el mundo extraño de Rosario y cuando se dio cuenta de hasta dónde había llegado, ya estaba hasta el cuello de vicios, deudas y problemas. Por tenerla había rodado con ella, y yo me volví un acompañante ocasional de su caída.

—Siento lástima por ellos —nos explicó Rosario—. Creo que se merecen al menos un beso antes de irse.

—Y si te da lástima, ¿por qué los matás? —pregunté de metido.

—Porque toca. Vos lo sabés.

Yo no sabía nada. Me metí con ellos porque los quería, porque no podía vivir sin Emilio y Rosario, y porque a esa edad quería sentir más la vida, y con ellos tenía garantizada la aventura. Ahora no entiendo cómo tuve el coraje de acompañarlos, fue como cuando uno cierra los ojos para lanzarse a una piscina fría.

—¿Vos qué opinás? —me preguntaba siempre Emilio.

—¿Qué opino de qué? —le respondía yo siempre, sabiendo hacia dónde iba la conversación.

—De Rosario, de todo esto.

—Ya no nos ganamos nada con opinar —le decía—. Ya nos tragó la tierra.

La primera sin salida fue a los pocos meses, en la discoteca donde la conocimos. Ya Emilio era el parejo oficial de Rosario y no le importaba mostrarla por todas partes, estaba pleno, la exhibía como si fuera una de las de Mónaco, ignoraba lo que decían de ella y de su origen, yo siempre los acompañaba. Tampoco le importaban las amenazas de Ferney y su combo, a él por habérsela quitado y a ella por haberse regalado. Esa noche, uno de ellos le hizo a Rosario el reclamo en los baños:

—Vos sos una regalada —le dijo el tipo.

—No me jodás, Pato, no te metás en esto —le advirtió ella—. ¿Querés un pase?

Parece ser que cuando ella abrió el paquetico, él se lo sopló todo en la cara y ella se llenó de ira. Se limpió los ojos que le ardían y vio que el hombre seguía ahí.

—Esto no se va a perder, Patico —le dijo ella—. Lameme la cara y después me das un besito en la boca, con lengua.

El Patico no entendió la actitud de Rosario, pero para resarcirse le obedeció. A medida que la lamía por las mejillas, por la nariz y por los párpados, iba dejando un camino húmedo entre el polvo blanco. Después, como ella se lo había ordenado, llegó a la boca, sacó la lengua y le pasó el sabor amargo a Rosario; ella mientras tanto había sacado el fierro de su cartera, se lo puso a él en la barriga, y cuando se le hubo chupado toda la lengua, disparó.

—A mí me respetás, Patico —fue lo último que el tipo oyó. Guardó la pistola y llegó tranquila hasta la mesa—. Vámonos —dijo—. Ya me aburrí.

De los baños salió un alboroto porque encontraron un muerto. Los del combo de Ferney se pusieron muy alterados, gritaron y sacaron sus armas, y otro de ellos señaló a Rosario. Emilio y yo nos miramos, Rosario disimuló pintándose los labios.

—Vámonos de aquí, Emilio —dije—. Yo también me aburrí.

En medio del carrerón yo sentí que pasaban balas por los lados. Rosario se armó de nuevo y comenzó a disparar para atrás. La gente salió despavorida en una confusión de gritos y de histeria. No sé cómo llegamos al carro, no sé cómo logramos salir del parqueadero, no sé cómo estamos vivos.

Cuando llegamos a la casa, Rosario nos contó todo.

—¡¿Vos qué?! —le preguntó Emilio sin poderlo creer.

Sí, ella lo había matado en nuestras narices, lo admitía y no se avergonzaba. Nos dijo que ése no era el primero y que seguramente no sería el último.

—Porque todo el que me faltonea las paga así.

No lo podíamos creer, lloramos del susto y del asombro. Emilio se desesperó como si él fuera el asesino, agarró los muebles a patadas, lloriqueaba y le daba puños a las puertas. Más que afectarlo el crimen, lo que lo tenía fuera de sí era darse cuenta de que Rosario no era un sueño, sino una realidad. Claro que él no fue el único decepcionado.

—¡Estoy hecha! —nos dijo ella—. Andando con semejante par de maricas.

Esa noche pensé que hasta ahí habíamos llegado con Rosario. Me equivoqué. No sé cómo logró que no le cobraran el muerto, y nosotros nunca supimos en qué momento descartamos el sueño y nos volvimos parte de la pesadilla.

CUATRO

Desde la ventana del hospital, Medellín se ve como un pesebre. Diminutas luces enquistadas en la montaña titilan como estrellas. Ya no queda ningún espacio negro en la cordillera, forrada de luces desde abajo hasta la ceja, la «tacita de plata» brilla como nunca. Los edificios iluminados le dan una apariencia de tinglado cosmopolita, un aire de grandeza que nos hace pensar que ya hemos vencido al subdesarrollo. El metro la cruza por el medio, y la primera vez que lo vimos deslizarse creímos que finalmente habíamos salido de pobres.

—Cómo se ve de bonita desde aquí —decíamos todos los que contemplábamos la ciudad desde arriba.

A cinco minutos en carro y por donde uno quisiera, encontraba una arrolladora panorámica de la ciudad. Y ver su resplandor alumbrando la cara de Rosario, perpleja ante el pesebre, nos hacía sentir agradecidos con los invasores de las montañas. Rosario me acercó a la otra ciudad, la de las lucecitas. Fue lenta en enseñármela, pero con el tiempo levantó su dedo para mostrarme de dónde venía. Fue un aprendizaje paso a paso, donde la confianza, el cariño y los tragos ayudaron para que me soltara sus secretos. Lo poco que no me dijo, lo deduje de sus historias.

—Bajar de la comuna para venir acá es como ir a Miami la primera vez —decía Rosario—. Como mucho íbamos al centro, pero el centro es otro mierdero; pero venir acá, donde ustedes, eso casi nunca, ¿para qué? ¿Para quedar antojados?

—¿Vos has estado en Miami, Rosario? —le pregunté, ignorando que lo importante era lo otro.

—Dos veces —contestó—. La primera me invitaron de queridos, y la segunda para esconderme.

—¿Quién te invitó, Rosario?

—Vos sabés, los únicos que me dan todo.

La parte de la ciudad que le tocó a Rosario me impresionó tanto como a ella la parte mía, con la diferencia de que yo no pude compararla con ningún Miami, ni con ningún otro sitio que conociera.

—Por si no sabías, esto también es Medellín —me dijo el día en que me tocó acompañarla.

La habían despertado muy temprano en su nuevo apartamento de rica, con la noticia de que a su hermano lo habían encontrado muerto. Lo habían matado. Me llamó primero a mí.

—¿Quién te contó? —le pregunté—. ¿Arley?

—Ferney —me corrigió sin ánimos—. Pero él no puede venir por mí ahora, por eso necesito que me hagás dos favores: primero que me acompañés...

—Pero Rosario —le dije sin saber qué decir.

—Me vas a acompañar, ¿sí o no?

—Está bien. —No fui capaz de decirle que no—. ¿Y el otro favor?

—Que no le contés nada a Emilio. Prometémelo.

Ese era un favor que me pedía con frecuencia y que me ponía contra la pared. Sentía que traicionaba a mi mejor amigo, a quien tenía más razones para querer que a Rosario. Pero como la que manipulaba los sentimientos era ella, finalmente la complacía con mis silencios, aunque este secreto no duró mucho, ella no pudo ocultarlo.

La mujer fuerte que me habló por el teléfono había sucumbido ante la realidad, y cuando la recogí, tuve que ayudarla a subir al carro. Estaba descompuesta; poseída por el dolor y la ira, lloraba y maldecía, amenazaba de muerte hasta al mismo Dios. Estaba armada. Tuve que parar el carro y decirle que si no me entregaba la pistola no la llevaba. No me hizo caso, se bajó y apuntándole a un taxi lo hizo detenerse, yo me bajé y la agarré, era la primera vez que la veía llorar, bajó su arma y lloró contra mi cuello. Después en el carro ella volvió a ganar, ni me entregó la pistola ni fui capaz de dejarla sola. Luego, como si se hubiera tomado algo, se tranquilizó.

—Me mataron al amor de mi vida, parcero —dijo—. El único que me ha querido.

Sentí celos. Los que nunca me había despertado Emilio, los sentí ese día por su hermano muerto. Pensé que debía contarle todo lo que sentía por ella, sacarla de su ignorancia afectiva y decirle que había alguien que la quería más que todo el mundo.

—Yo te quiero, Rosario... —comencé decidido—. Todos te queremos —añadí cobardemente.

Esa vez tampoco fui capaz. Además, y en eso me di la razón, ése no era el día para una propuesta de amor.

—Gracias, parcero —fue lo único que contestó.

Cuando llegamos a la parte baja de su barrio, comenzó a guiarme. Ya estábamos en el laberinto, en tierra extraña, sólo quedaba seguir instrucciones y ponerle primera al carro. Después, todo fue estupefacción ante el paisaje, desconcierto ante los ojos que seguían nuestro ascenso, miradas que no conocía, que me hacían sentir ajeno, gestos que obligaban a preguntarme qué hacía yo, un extranjero, ahí.

—Dejame aquí —interrumpió Rosario mis cavilaciones—. Yo sigo a pie.

—Pero ¿por qué? Yo te llevo hasta tu casa.

—Hasta aquí sube el carro. Toca seguir a pie.

Se bajó temblorosa, pálida, vencida por un miedo que no pudo esconder. Agarró con fuerza su carterita y se chantó unas gafas para el sol que comenzaba a salir.

—Yo te acompaño, Rosario —insistí.

—Mejor yo sigo sola. Después te cuento todo.

Se dio vuelta y comenzó a escalar una loma sin pavimento. Lo hacía con suavidad, como si caminara en plano. Vi sus piernas templadas, su trasero empinado, su figura erguida a pesar de estar cargando con su peor dolor. Alguien desde una puerta la saludó. Rosario había vuelto con los suyos.

—¡Rosario! —le grité desde adentro pero me alcanzó a oír—. ¡No vas a hacer nada que me pueda entristecer!

Toda su vida me dolía como si fuera la mía. Verla sufrir me llenaba de tristeza, buscaba dentro de mis posibilidades una forma para que fuera feliz.

—¡Señorita! Señorita, disculpe. —La enfermera se había dormido en su puesto de guardia.

—¡¿Ah?!

—Perdóneme, pero quiero averiguar por Rosario, la mujer que está en cirugía.

—¿Quién? —preguntó mientras hacía lo posible para ubicarse otra vez en la realidad.

—Rosario Ti... —alcancé a decir, porque al sentirse despierta me interrumpió.

—Si no se sabe nada es porque todavía no se sabe nada.

Intenté con la hora.

—¿Qué horas serán ya?

No me contestó, cerró los ojos buscando de nuevo el calor de su silla. Miré el reloj de la pared.

—Las cuatro y media —dije bajito para no despertarla.

¡Cómo pasa el tiempo! Juraría que fue hace un mes apenas cuando vi por última vez a Rosario, cuando decidimos Emilio y yo que si no parábamos terminaríamos peor que ella. Rosario estaba decidida a arrastrar con quien fuera. Se le había metido en la cabeza conseguir plata por su propia cuenta, volverse más rica que los que la sostenían, y lo que nos asustó fue que ella solamente conocía una forma de lograrlo, la manera como ellos la habían conseguido.

—Es muy fácil, muy fácil —nos decía—. Sólo se necesita tener la gente y yo la tengo.

No era solamente cuestión de gente, también había que tener las ganas y las güevas de Rosario, y a nosotros no nos quedaban ganas después de todos los enredos en que nos metió, tampoco necesitábamos más plata, y las güevas hace mucho que las habíamos perdido. Y en lugar de acompañarla en su nueva aventura, comenzamos a preparar nuestra despedida.

A la semana de la muerte de su hermano, Rosario me llamó a las tres de la mañana. Yo no había parado de buscarla en esos días, por eso no me molestó que me hubiera despertado.

—¿Dónde estás? —le pregunté apenas reconocí su voz.

—Hoy enterramos a Johnefe —me dijo.

—¿Cómo así? Si eso fue hace ocho días.

—Estábamos paseando con él.

—¿Estaban qué? —pregunté perplejo.

—Después te cuento, ahora no puedo hablar mucho —dijo bajando la voz—. Mirá, parcero, es que voy a estar afuera unos días. Yo te llamo cuando vuelva.

—¿Cómo así, Rosario? ¿Para dónde te vas?

—No te preocupés por mí, yo te llamo después, pero decile a Emilio que tuve que acompañar a mi mamá a... a Bogotá, donde una hermana.

—¡Rosario! Esperá, decime qué está pasando.

—Chao, parcero. Después te cuento todo —dijo y colgó.

Por supuesto, Emilio entendió menos que yo. Se descomponía cuando ella se le perdía, lo sacaba de quicio todo el misterio que la rodeaba. Siempre que le pasaba algo así, y fueron muchas veces, me juraba que iba a terminar todo, pero ella sabía cómo neutralizarlo, lo dejaba soltar toda la perorata y después en la cama ella se encargaba de volverlo loco.

—¡Lo que me emberraca es que nunca me consulta nada! —dijo Emilio furioso—. ¡Como si yo no existiera!

—Pero si llamó y me dijo que te contara todo —le dije tratando de excusarla.

—¡Eso es todavía más raro!

—¿Qué cosa?

—¡Que te llamó a vos y no me llamó a mí!

Emilio tenía razón. Pero él nunca tuvo la paciencia para sentarse a entender a Rosario. Tal vez porque la tuvo se acostumbró a lo inmediato, pero yo en cambio tenía que imaginarla, estudié cada paso para tenerla cerca, la observé con cuidado para no cometer alguna imprudencia, aprendí que había que ganársela de a poquito, y después de tanto examen silencioso logré entenderla, acercarme a ella como nadie lo había hecho, tenerla a mi manera, pero también entendí que Rosario había partido su entrega en dos: a mí me había tocado su alma y a Emilio su cuerpo. Lo que todavía no he podido saber es a cuál de los dos le fue mejor.

Un mes después de la llamada, apareció Rosario. Estaba gorda. No era la misma que dejé en las lomas. Había algo en su gesto que asustaba, que me hacía presentir los malos vientos que soplaban. Me citó en un mall que quedaba cerca de su apartamento, en la sección de comidas. La encontré engulléndose unas papas fritas y una malteada, tenía gafas oscuras y vestía una sudadera. Me impactó, estaba más acelerada que nunca.

—¿Qué es lo que pasa, Rosario? —dije después del saludo.

—¿Querés papitas?

—Quiero que me contés qué es lo que te está pasando.

—Comprame otra malteada, parcero. No traje más plata.

No era fácil sacarle las cosas, a menos que uno le diera cinco aguardientes. Pero yo no me sentía con la paciencia suficiente para esperar a que ella se decidiera a contarme.

—Emilio te va a matar —le dije—. Ahora sí está furioso, no te quiere ni ver.

—¡Pues que se vaya para la mierda! —explotó—. ¡Yo tampoco quiero verlo!

—No se trata de eso, Rosario, es que estábamos preocupados, te perdés así, de la noche a la mañana, y después aparecés así.

—¿Cómo que «así»? —preguntó retándome.

—Te voy a ser sincero, Rosario, pero es que estás muy rara.

—¿Qué tengo de raro? ¿Ah? Decime, ¿qué tengo de raro?

Si le hubiera contestado, quién sabe qué hubiera pasado. Mi comentario fue suficiente para que con su brazo barriera todo lo que había en la mesa, después se paró furiosa y desafió a todos los que miraron.

—¡¿Qué?! ¿Se les perdió algo o qué? ¡Cojan oficio, partida de hijueputas!

Todos le hicieron caso. Hubo un silencio que permitió oír sus pasos furiosos alejándose. Después me miraron con disimulo. Yo no supe qué hacer, pero después supe menos, porque cuando me iba a levantar vi que Rosario venía de regreso. Se me pegó a la cara y aunque trató de hablar bajito no pudo evitar gritarme.

—¡¿Para qué son los amigos, maricón?! ¿Para qué? —A través de sus gafas pude ver que lloraba—. ¡Si no puedo contar con vos, entonces con quién! No servís para mierda. No te llamé para que me jodieras ni para que me dijeras que estoy gorda.

—Yo no te dije que estabas gorda —aclaré.

—¡Pero se te veían las ganas de decírmelo! Y me voy a engordar más, porque ya no me importan ustedes, ni vos, ni Emilio, ni nadie, ¿oís? No me importa nadie, el único que me importaba me lo mataron, y a vos no te importó.

La rabia y el llanto no la dejaron seguir. Quedó temblando ahogada en sus propias palabras. Sentí ganas de abrazarla, de agarrarla a besos, de decirle que todo lo de ella me importaba, más que lo mío, más que mi vida, quería llorar con ella, por su rabia, por su tristeza y por mi silencio.

—Vos sí me importás, Rosario —fue lo único que le dije. Y aunque yo lo pensé primero, fue ella la que me abrazó.

CINCO

—Casate conmigo, Rosario —le propuso Emilio.

—¿Vos sos güevón o qué? —le respondió ella.

—¿Por qué? ¿Qué tiene de raro? Si nos queremos.

—¿Y qué tiene que ver el amor con el matrimonio?

Descansé cuando supe su negativa. Emilio ya me había hablado de sus intenciones, pero yo no le dije nada, primero porque conocía a Rosario, y segundo porque la propuesta era más un acto de rebeldía de Emilio que un acto de amor. La familia lo venía presionando fuertemente para que la dejara, le cortaron entradas y privilegios y comenzaron a tratarlo como a un sospechoso.

—Imaginate que a mi mamá le dio por cerrar todo con llave —me contó—. Qué tan raro. Lo único que le falta es que le ponga candado al teléfono o que me cobre las llamadas.

Pero lo que me llamó la atención de la propuesta de Emilio, fue la respuesta de Rosario. Ella le vio la discrepancia a esa asociación que todo el mundo hace entre amor y matrimonio. Confirmé que detrás de su belleza y su violencia, había un punto de vista, sensato además. Cada cosa que descubría en ella me obligaba a seguirla queriendo y cuanto más la quería más lejos me quedaba.

—Entonces ¿qué? —le pregunté a Emilio—. Te vas a casar, ¿sí o no?

—¡Qué va! —contestó—. Esa mujer sale con unas cosas más raras. Además, ¿con qué plata?, no ves que en mi casa ya ni me saludan.

—¿Y eso?

—Mi mamá, que se anda cocinando en su salsa.

La familia de Emilio pertenece a la monarquía criolla, llena de taras y abolengos. Son de esos que en ningún lado hacen fila porque piensan que no se la merecen, tampoco le pagan a nadie porque creen que el apellido les da crédito, hablan en inglés porque creen que así tienen más clase, y quieren más a Estados Unidos que a este país. Emilio siempre trató de rebelarse contra el esquema. Se hizo echar del colegio bilingüe y se metió a uno donde iban a parar todos los vagos. Quiso entrar a la universidad pública, pero ahí no lo frenó su familia sino el promedio. Y después, para rematar, les llevó a Rosario.

—Se nota que no tiene clase —le dijo a Emilio su mamá el día en que la conoció—. No sabe ni comer.

—Me sabe comer a mí —les dijo él—. Y eso es lo que importa.

Aunque me molestaba cualquier tipo de rechazo a Rosario, me alegré al conocer el que le manifestaba la familia de Emilio. A pesar de su desobediencia, él nunca se atrevió a desafiarlos con un vínculo diferente al que sostuvo con ella. Y como casi siempre sucede, ganó el esquema. Después de Rosario, Emilio volvió a nadar con destreza en sus aguas. Ahora gana bien, trabaja con su padre, mide sus palabras y tiene una novia a la que quiere todo el mundo, menos él. Yo también cambié. Sin embargo, me atrevería a decir que no fueron las presiones de los nuestros las que forzaron nuestro cambio, sino el que finalmente explotara la bomba que fabricamos Emilio, Rosario y yo.

Nunca imaginé que mi capacidad de celos fuera tan alta: los rechazos que le hacían y me causaban dolor, eran los que la sumían en esa soledad en la cual yo era su única isla. Ahora pienso que lo que siempre nos unió fue la adversidad. Lo siento así en este hospital, con ella adentro buscando un último milagro, y yo sintiéndome privilegiado como su único acompañante.

—Tiene balas por todas partes —me dijo uno de los médicos de turno, cuando le pedí que me tradujera el diagnóstico.

—¿Y entonces?

—Hay que esperar —dijo—. Están haciendo lo que se puede.

Vi la angustia de mi premonición reflejada en los ojos de un viejo que estaba sentado en el sofá del frente. A esas horas sólo quedábamos él y yo, y aunque el hombre dormitaba todo el tiempo, me encontré con su mirada despierta inmediatamente después del informe del médico.

—Tenga fe, que todo se puede —me dijo el viejo.

Sentí que él también esperaba la resurrección de Rosario, que él también la querría tanto como yo, que podría ser un pariente, tal vez su padre desconocido. No me sentí con ánimo para entablar una conversación, pero después supe que un hijo suyo, de una edad parecida a la de Rosario, también había llegado lleno de balas y que también a él, como a mí, le tocaba tener fe y esperar.

—¿Como qué horas serán? —le pregunté.

Miró sobre mí, al reloj de la pared.

—Las cuatro y media —contestó.

Rosario sintió el rechazo de la mamá de Emilio desde el primer minuto. La señora no había hecho ningún esfuerzo por disimularlo y a Rosario los nervios le destrozaron sus buenas intenciones. Fue cuando a Emilio le dio por invitarla al matrimonio de una prima suya, creo, dizque para que de una vez su familia la conociera.

—Cuando me vio, la señora arrugó la nariz como si yo oliera maluco —me contó Rosario.

La saludó con un «¿Cómo está, señorita?», y no volvió a pronunciar palabra hasta que Rosario se fue. Emilio me contó después que lo que no dijo durante la fiesta, luego se lo vació a él sin detenerse para respirar. Que no le quedaron palabras para despotricar de Rosario.

—¡Vieja hijueputa! —repetía incansablemente Rosario—. ¡Y eso que no habló! Porque le hubiera arrancado la lengua con el cuchillo de la carne.

Se le encharcaban los ojos cuando recordaba esa noche. Apretaba los dientes cuando uno mencionaba a la señora. Se perdió y no le volvió a hablar a Emilio después de esa noche. Cuando se subió al carro ya estaba llorando de rabia y no dejó que él la llevara hasta su casa. En la mitad del camino se le bajó y se trepó a un taxi. Apenas llegó me llamó.

—Si los hubieras visto, parcero. —Casi ni podía hablar—. Yo que me había comprado una pinta donde la vieja compra la ropa, y me cobraron un ojo. Me mandé peinar donde arreglan a la vieja, y me dejaron lo más de bonita, si me hubieras visto, parcero, parecía una reina. Me había propuesto hablar poquito para no ir a cagarla, ensayé en el espejo una risita lo más de chévere y hasta me tapé los escapularios con unas cadenas lo más de finas, mejor dicho, no me hubieras reconocido, pero apenas llegué, me sale esta hijueputa vieja mirándome como si yo fuera un pedazo de mierda, y ahí quedé yo lista, cuál peinado, cuál risita, cuáles joyas, empecé a gaguear como una boba, a derramar el vino, se me caía la comida en el mantel, me ahogué con un arroz y no pude parar de toser hasta que salí, y todos preguntando, pero no de queridos sino por joderme, que tú qué haces, y tu papá y tu mamá, y dónde estudias, y toda esa mierda, como si no tuvieran más tema que yo.

—¿Y Emilio? —le pregunté.

—A Emilio le tocó contestar por mí, porque yo no había preparado nada de eso, y con lo ahogada que estaba no pude volver a abrir la boca. Pero imaginate lo peor, que apenas terminamos de comer, la primera que se paró fue la vieja, no dijo nada y se fue de la fiesta, y después todos fueron diciendo que permiso, que se tenían que ir y a los tres minutos ya no quedaba nadie, solamente Emilio y yo sentados a la mesa.

A cada palabra le ponía el dolor que sentía. Hacía una pausa de vez en cuando para madrear a la señora, para hablar mal de los ricos y de los pobres, para cagarse en Dios y después seguía con su relato. Me dijo que iba a dejar a Emilio, que ahí no había nada que hacer, que ellos eran muy distintos, de dos mundos diferentes, que no sabía en qué momento —y yo creí que me moría cuando me incluyó— se le había ocurrido meterse con nosotros.

Pero si por mi Medellín llovía, por el de ella no escampaba. Parece que el alboroto que le armó doña Rubi fue peor que el de la mamá de Emilio. Al principio no supimos por qué, ya que la señora no tenía nada que perder, pero después entendimos que presintió por las que iba a pasar Rosario.

—Decime qué estás haciendo vos ahí —le dijo doña Rubi.

—Más bien preguntale a él qué está haciendo metiéndose conmigo —contestó Rosario.

—Seguramente lo único que quiere es comer —replicó la señora.

—Pues que coma —replicó la hija.

Doña Rubi la previno de todo lo que le podía pasar con «esa gente», le vaticinó que después que hicieran con ella lo que estaban pensando hacer, la devolverían a la calle como a un perro y más pobre y más desprestigiada que una cualquiera. Rosario dejó de defenderse y escuchó callada el resto de la cantaleta que le soltaba su mamá. Después, al verla también en silencio, preguntó:

—¿Ya terminó?

Doña Rubi prendió un cigarrillo sin dejar de mirarla. Rosario se paró, buscó su cartera y se encaminó hacia la puerta de la calle.

—Ésa no es gente para usted, mija —le alcanzó a decir su mamá antes que cerrara.

Rosario decía que lo que su mamá tenía era envidia, que toda la vida se la había pasado buscando un hombre con plata y coqueteándole a sus patrones, que la señora no tenía autoridad moral para juzgarla y menos ahora que no vivía con ella, y menos todavía ahora, que andaba con una facha muy sospechosa, con el pelo teñido de amarillo y con vestiditos de la talla de Rosario.

—Doña Rubi todavía se cree de quince —se burlaba Rosario—. ¿Quién sabe en qué andará?

Finalmente, las dos señoras acertaron en adivinar lo pronosticado, pese al gran esfuerzo de Emilio y Rosario por mantener la relación. Pero insisto, no fueron ni la cantaleta ni la presión, fuimos nosotros, sí, nosotros tres, porque la relación se sostenía en tres pilares, como siempre ocurre: el del alma, el del cuerpo y el de la razón. Los tres llegamos a poner un poco de cada cosa. Los tres nos derrumbamos al tiempo, ya no podíamos con el peso de lo que habíamos construido. Sin embargo, ellos no pudieron escaparse de los aborrecibles «te lo dije».

—Te lo advertí, Emilio.

—Te lo dije, Rosario.

A mí, por el contrario, el sermón me lo dio la vida, y no al final como a ellos, sino cada vez que miraba a Rosario a los ojos. Siempre hubo un «te lo dije» después de verla salir con Emilio y para Emilio, después de oírla decir que lo quería. Siempre hubo un «te lo advertí» cada vez que los escuchaba juguetear encerrados, cuando imaginaba en lo que acababan sus juegos porque así me lo decía el repentino silencio de sus risas, el chirriar de la cama y uno que otro quejido involuntario.

—¿Qué estabas haciendo? —me preguntó Rosario.

Salía con una camiseta larga, sin nada debajo, con la sonrisa que se dibuja después de un sexo sabroso.

—Leyendo —le mentía.

Ella salía a fumarse un cigarrillo porque a Emilio no le gustaba que le fumaran en el cuarto. Yo no entendía cómo se le podía prohibir algo a Rosario después de hacerle el amor.

—¿Leyendo? —me volvió a preguntar—. ¿Y qué estás leyendo?

Yo dejaba que fumara en mi cuarto. Nunca me pidió permiso pero yo la dejaba. Por la puerta entreabierta veía a Emilio, todavía desnudo, echado en la cama, saboreándose los últimos destemples del sexo. Ella se sentaba en la mía, únicamente con su camisetica, se recostaba en la pared, subía los pies y los cruzaba y soltaba muy despacio las bocanadas de humo, todavía con goticas de sudor sobre los labios. Me hacía cualquier pregunta tonta que yo a veces ni le contestaba porque sabía que no me oiría. No siempre hablaba. La mayoría de las veces se fumaba su cigarrillo en silencio y después se iba para la ducha. Y yo siempre, después de verla salir, buscaba el sitio de la sábana donde se había sentado para encontrar el regalo inmenso que siempre me dejaba: una manchita húmeda que pegaba a mi nariz, a mi boca, para saber a qué sabía Rosario por dentro.

SEIS

—¿Si te has fijado que muerte rima con suerte? —observó Rosario.

Por esos días yo andaba encarretado con la poesía y, como ella era curiosa, la puse un poco al tanto de mis lecturas. Ella todo lo relacionaba con la muerte, hasta la explicación de mis versos.

—Esas cosas deben ser buenas para leerlas uno bien trabado —dijo y nos sonó la propuesta.

Hubo un tiempo en que nos encerrábamos los tres todo un domingo a fumar marihuana y a leer poesía. Encontrábamos frases que nos hacían creer que ya entendíamos el mundo, otras que nos cabeceaban y nos dejaban mudos, otras que nos hacían desternillar de la risa y otras que nos daban un hambre horrible. Ésas fueron las épocas tranquilas, las de música y lectura, y una que otra droga para cambiar de estado. Pero hubo otros días otros domingos y otros encierros de los que todavía no entiendo cómo salíamos completos. Entonces ya no éramos los tres, sino un gentío extraño.

—Son amigos de Rosario —me explicó Emilio.

No se necesitaba un espejo para ver que eran diferentes a nosotros, aunque con el tiempo termináramos iguales a ellos. Tenían el pelo rapado pero arriba de la nuca les salían unas colas disparejas y largas, usaban unas camisetas tres tallas más grandes que les llegaban un poco más arriba de la rodilla, los bluyines eran pegados al cuerpo, «botatubo», y abajo uno se encontraba con un par de tenis de dos pisos, con luces fluorescentes y rayas de neón. Siempre los había visto de lejos y nunca entré a detallarlos, pero ya metidos en el apartamento de Rosario, comencé a observarlos minuciosamente y, con mucha cautela, a imitarlos. Primero fue el pelo, nos lo dejamos bien cortico y con unas colas más discretas, después nos enrollamos maricaditas en las muñecas y nos forramos en bluyines viejos, en las rumbas intercambiábamos las camisetas, y así fue como a mi armario fue a parar la ropa de Fierrotibio, Charli, Pipicito, Mani y otros. Johnefe, en un ataque de afecto, me regaló uno de sus escapularios, el que tenía colgado en el pecho, y que según Rosario, por eso fue que lo mataron, que por ahí le había entrado la bala.

—Rosario me habla mucho de vos, loco —me dijo Johnefe esa noche—. Dice que vos sos un bacán, loco. —Y se abrió la camisa y apretó la medallita—. A mí la gente que quiere a Rosario me parece una chimba, loco. —Se sacó el escapulario con mucho cuidado, como si tuviera cadenita de oro—. Tenga, bacán, póngaselo, y me la cuida, que no me le vaya a pasar nada a mi Rosario, usted tiene cara de responsable, loco, tenga que éste es del Divino Boy, y los cuida a los dos. —Me cogió la cara con las dos manos, me apretó los cachetes y me dio un beso en la boca—. Nos echamos otro soplo, ¿o qué?

Después que lo mataron le di el escapulario a Rosario. Creí que me iba a echar la culpa, pero no me dijo nada, lo besó, se lo puso y se santiguó. Eso fue cuando se perdió después del entierro, cuando volvió gorda, pero luego atando cabos entendí que los kilos y su bondad conmigo provenían de haber saldado ya el rencor.

—Si me lo hubieras entregado antes, lo hubiéramos enterrado con él —fue lo único que me refutó.

El único que no iba a las fiestas donde Rosario era Ferney, no si estaba Emilio. O Emilio no iba si estaba Ferney. El que llegara primero era el que se quedaba, al otro le tocaba mandar razones.

—Decile a ese hijueputa que ya está oliendo a formol —mandaba decir Ferney.

—Decile a ese hijueputa que ya quisiera oler a lo que yo huelo —mandaba decir Emilio.

Al comienzo se armaban trifulcas entre los defensores de Ferney y los simpatizantes de Rosario, porque Emilio no tenía a nadie que intercediera por él, excepto yo, que no me iba a meter con ellos. Mientras vivió, Johnefe fue quien neutralizó la situación.

—Aquí nadie se mete, locos —decía—. Que la niña decida.

Y como la niña nunca se decidió, cuando se hacían fiestas —si es que se pueden llamar así— unas veces asistía Emilio, y otras veces, tal vez menos, Ferney.

—Pero si yo soy tu novio —le reclamaba Emilio.

—Sí —contestaba ella—. Pero Ferney es Ferney.

Pero hubo muchas veces en que ninguno de los dos la acompañaba. No les estaba permitido. Eran las cientos de veces que Rosario se fue con los duros de los duros, los que le dieron todo, los que ponían la plata y por eso se podían dar el lujo de tenerla sin condiciones. Ella se iba sin avisarnos. Si se pasaba dos días sin dar señales de vida era porque estaba con ellos. También se podían deducir las andanzas de Rosario por la cara de Emilio.

—Ahora sí se acabó esto —decía cada vez que Rosario se le perdía—. Ahora sí.

—Siempre decís...

—Ahora sí vas a ver —me interrumpía—. Ahora sí voy a mandar todo a la mierda.

Nunca pudo cumplir su palabra. Rosario siempre regresaba a buscarlo, dulce como la miel, llena de plata y muriéndose de las ganas por su niño bonito. Primero me llamaba para tantear el terreno.

—Me dijo que ahora sí —le contaba yo a Rosario.

—¿Otra vez? —decía ella.

—No. Dijo que esta vez sí.

Rosario se le aparecía con un regalo, vestida como para una fiesta, más hermosa que todos los días, dispuesta a encerrarse con él todo el tiempo que fuera necesario hasta contentarlo.

«Para qué más regalos, Rosario —pensaba yo cuando la veía—. El regalo sos vos misma.»

Ella me contaba que volver donde Emilio era como tomarse un vaso de agua helada en medio del calor.

—No te imaginás la marranera de donde vengo —decía.

Con ellos extrañaba lo que más le gustaba de Emilio, que su abdomen plano, que sus nalgas duras, el cosquilleo de su barba de domingo, sus dientes grandes y limpios, todo lo que ellos, por más plata que tuvieran, no podían ofrecerle.

—Pero hay otras cosas que Emilio no me puede dar, parcero.

¿Y yo? Yo también tenía la barriga plana, las nalgas duras, los dientes grandes y el corazón limpio para quererla solamente a ella.

—Nadie —decía—, nadie me puede dar lo que me dan ellos.

Era cierto. No había forma de quitárselas. Terminábamos siempre por conformarnos, Emilio, Ferney y yo. Nos contentábamos con que regresara, con el cariño que tuviera disponible y la forma como quisiera repartirlo.

—¿Quiénes son ellos, Rosario? —le pregunté una vez.

—Vos los conocés. Salen todo el día en los noticieros.

Apenas vieron a Rosario les pasó lo que a todos: la querían para ellos. Y como el que tiene más plata es el que escoge, se quedaron con ella.

—Johnefe y Ferney se pudieron colocar en La Oficina —me contó—. Eso es lo que todo muchacho quiere. Ahí deja uno de ser chichipato y se puede volver duro. En esa época había mucha demanda porque había un descontrol tenaz, y estaban buscando a las cabezas de los combos para armar la selección.

—Traducción, por favor —le dije.

—La guerra, parcero, la guerra. Tocaba defenderse. Estaban pagando un billete grande al que se bajara un tombo. A Ferney y a Johnefe los contrataron. Ferney no tenía buena puntería pero manejaba bien la moto, pero en cambio Johnefe era un águila, donde ponía el ojo ponía el pepazo. Después de que probaron finura los ascendieron, les empezó a ir muy bien, cambiaron de moto, de fierros y le echamos un segundo piso a la casa.

Así sí daban ganas de trabajar, todos queríamos que nos contrataran. A mí después también me reclutaron.

—No me digás que vos también... —No sabía cómo decirlo—. Vos sabés... los policías.

—¡Nooo, parcero! Yo no servía para eso, yo no sé disparar de lejos, no ves que a mí me enseñó Ferney. Ese Ferney falla hasta a quemarropa. Para que lo respeten a uno hay que tener puntería o si no es mejor dedicarse a otra cosa.

—Y entonces —le pregunté—, ¿por qué todo el mundo respeta a Ferley?

—Ferney —corrigió—. Pues porque es un duro para las motos; además, una vez nos salvó de una que de no haber sido por él, ya estuviéramos chupando gladiolo hace rato. Claro que todo fue por la mala puntería, porque nos estábamos dando candela con el combo de Papeleto y nosotros, aunque andábamos muy mal de fierros, ya los teníamos dominados, cuando uno de ellos que estaba muerto resucitó y comenzó a disparar y Johnefe ya no tenía balas, solamente Ferney, entonces Johnefe le gritó: «¡Pilas con ése!», y Ferney le empezó a contestar, pero en vez de darle a él, se bajó a otro que estaba detrás de un matorral y no lo habíamos visto, apenas fue que lo vimos rodar con una Mini-Uzi en la mano, ¡imaginate!, con eso nos hubiera barrido a todos.

—¿Y el otro? El que había resucitado —pregunté intrigado.

—¿Ése? Ése se volvió a morir.

Toda esta historia me interesaba porque así fue como conoció a los de la cúpula, acompañando a su hermano y a su novio de entonces, en los trabajos que les encomendaba La Oficina.

—Entonces, ¿cómo fue que llegaste hasta arriba? —volví a preguntar.

—La historia es larga, parcero —dijo—. Mejor tomémonos otro.

Cuando se decidía a hablar, Rosario era como un gotero. Colocaba en la lengua del sediento las gotas necesarias para hacerle imaginar el chorro entero. Sus palabras tasadas eran una droga deliciosa y adictiva que antojaban de saber más. Lo curioso fue que al comienzo llegué a dudar que Rosario hablara, incluso en las primeras salidas su saludo se limitó a una sonrisa. Nunca sabíamos si estaba contenta o aburrida, si le había gustado el sitio adonde íbamos o si quería comer algo, había que preguntarle todo si se quería saber.

—Cómo es que no te aburrís con esa mujer, Emilio —le decíamos—. ¿No ves que no habla nada? Parece muda.

—¡Y qué! —contestaba Emilio—. Uno para qué quiere una mujer que hable. Mejor así.

Con el tiempo soltó sus primeras goticas, sólo después de haber reconocido el terreno y de haberse afianzado un poco más a él. Buscó entre los nuevos la mirada confiable, el alma que guardara todos sus secretos, y me encontró a mí. Aunque no le debió costar mucho trabajo, porque yo hacía tiempo quería saber qué había detrás de ese silencio.

—¿En qué pensás, Rosario?

—¿Cuándo?

—Cuando te quedás callada.

—No sé. ¿En qué pensás vos?

Si le hubiera dicho que siempre pensaba en ella... Desde la mañana en que amanecí queriéndola, me dediqué

79

a construir mil mundos para Rosario. Mundos que nacían de mis deseos, que duraban lo que dura un sueño y que se derrumbaban con el golpe seco de la puerta de su cuarto, con su gemido atravesando las paredes, con sus intempestivas fugas para donde los duros.

—No me has contado cómo fue que los conociste —le dije.

—Ya te conté.

—No, no me has contado —insistí.

A Ferney y a Johnefe les habían asignado en La Oficina una misión complicada. Les pagaron un billete que no se hubieran ganado en un año de trabajo. El objetivo era un político que le estaba complicando la vida a sus patrones.

—Vos sabés —dijo Rosario—, un hijueputa de ésos.

—Cómo se llama —le pregunté.

—Se llamaba —dijo—, porque la misión fue todo un éxito.

Junto con su hermano y Ferney viajaron otros cinco más, y aunque nunca me contó los pormenores del operativo, tal vez porque no los conocía, sí me dijo que todos habían viajado acompañados.

—Es que los muchachos se ponen muy nerviosos —me explicó—, y nosotras somos las únicas que podemos tranquilizarlos. Esa vez también nos pagaron tiquete a Deisy y a mí, y a otras plásticas que yo no conocía. Todos viajamos separados y llegamos en distintas fechas, pero Johnefe y Deisy y Ferney y yo nos encontramos en el mismo hotel. Nos hicimos pasar por parejitas en luna de miel, así que nos tocó andar todo el tiempo muy acaramelados, y vos sabés cómo me chocan a mí esas güevonadas. A mí no me gusta que me hablen contemplado, si los hombres supieran lo maricas que se ven cuando se ponen de romanticones, por eso es que me gusta Emilio, porque es seco como un carbón. ¿En qué iba?

Yo también perdí el hilo. En cuestión de segundos no supe qué hacer con todas las palabras que imaginaba para ella. Palabras de amor que encadenaba mientras me dormía, y que preparaba para decírselas algún día bajo una luna, frente a una playa, en el tono marica y romanticón que a ella tanto la molestaba. ¿De qué otra forma se puede hablar de amor?

—Estabas en lo del hotel —le recordé.

—El hotel, el hotel... —dijo buscándole la punta a la historia—. Imaginate que no nos dejaban salir a la calle ni para comer. Los muchachos salían temprano y volvían tarde. Yo me pasaba para el cuarto de Deisy o ella para el mío. El desocupe era tenaz. Lo único que hacíamos era ver películas en el cable, fumar marihuana y parcharnos en la ventana para ver a Bogotá. Los muchachos llegaban por la noche muy acelerados, tragueaditos, no contaban nada de lo que hacían, cada uno cogía para su cuarto para que los mimáramos. Ferney llegaba como un loco, como si nunca hubiera estado conmigo, pero era tal el embale que no le funcionaba, bueno, el día en que terminaron el trabajo sí se le paró.

Muchas veces fui víctima de mi propio invento, porque al buscar que Rosario me contara sus historias, me encontraba con detalles que hubiera preferido ignorar. Prefería imaginarla en sus intimidades.

—Deisy me contó que a Johnefe le pasaba lo mismo —prosiguió—, y que también durante toda la noche le cogía la caminadera y la fumadera de bazuco, que no dormía y se mantenía berraco. Una noche nos dijeron que alistáramos todo porque a la mañana siguiente nos iban a recoger y nos iban a llevar a una finca y que allá nos encontrábamos con ellos.

—¿Y quién nos va a recoger? —se le ocurrió preguntar a Deisy.

—A vos qué te importa —le contestó Johnefe—. Limítate a hacer lo que te digo, ¿sí?

—Yo de metida y de güevona me puse a defender a Deisy y vos no te imaginás la que se armó. Johnefe sacó la mano y me pegó, me dijo: «Gonorrea hijueputa, yo no sé para qué las trajimos si lo único que hacen es estorbar», y claro, a Ferney no le gustó que me hubieran puesto la mano y sacó un fierro y se lo puso a Johnefe en la boca y le dijo: «¡A tu hermana la respetás, malparido, lo que es con ella es conmigo, a tu hermana la respetás!». Se armó la gritería más berraca, hasta que tocaron la puerta y ahí sí quedamos paralizados, nadie hablaba ni se movía. Johnefe reaccionó y nos hizo señas de que nos metiéramos al baño, Ferney se metió en el armario, y después tocó abrir porque dijeron que si no abríamos llamaban a la policía.

—¿Qué es lo que está pasando? —preguntó el del hotel.

—¿Pasando? Aquí no está pasando nada, señor gerente —contestó Johnefe.

—¿Y la gritería? —volvió a preguntar el del hotel.

—¿La gritería? Debió haber sido la televisión, señor gerente.

—Oímos a unas mujeres llorando.

—Es que las mujeres lloran por todo, señor gerente —aclaró Johnefe.

Casi siempre que Rosario me contaba algo de este calibre, interrumpía para prender un cigarrillo. Las primeras fumadas las hacía en silencio, con la mirada puesta en un punto que no existía, detenida en ese recuerdo que la obligaba a fumar.

—Fue tal el susto —dijo después de la pausa—, que toda la noche nos la pasamos hablando por señas. Nosotras no volvimos a preguntar nada y nos fuimos a dormir. Los muchachos se quedaron juntos tomando trago. Al otro día salieron muy temprano, ni Deisy ni yo los sentimos salir, pero de lo que sí nos dimos cuenta es de que no habían dormido. Como a las diez de la mañana apareció un tipo en una chimba de camioneta y nos llevó a una finca por Melgar, vos no te imaginás la finca, parcero, una mansión del putas, con varias piscinas, canchas de tenis, caballos, cascadas, meseros, eso más bien parecía un club. Deisy y yo nos pusimos la tanguita y nos echamos a asolearnos. Por la noche, como a las doce, aparecieron los muchachos, estaban borrachos, pero se veían contentos, se reían duro, se abrazaban, nos piqueaban a nosotras, pidieron más trago, sacaron perico y armaron una rumba que duró tres días. Deisy y yo habíamos decidido no volver a preguntar nada, pero yo me pillé, parcero, que ya habían coronado su trabajo.

Rosario prendió un cigarrillo con otro. Esa vez el silencio fue más largo, las fumadas más lentas, los ojos más perdidos. A veces incluso, como esa vez, cambiaba súbitamente de tema, y de una bala pasaba a una canción, de una muerte a un comentario sobre los calores que últimamente estaban haciendo en Medellín. Era mejor no insistir, tocaba esperar el próximo capítulo con paciencia, hasta que la protagonista decidiera volver a la escena.

—Qué calores los que están haciendo en Medellín —dijo después del silencio.

—Esto se está volviendo tierra caliente —dije lo que toda la gente decía.

Era cierto que la ciudad se había «calentado». La zozobra nos sofocaba. Ya estábamos hasta el cuello de muertos. Todos los días nos despertaba una bomba de cientos de kilos que dejaba igual número de chamuscados y a los edificios en sus esqueletos. Tratábamos de acostumbrarnos, pero el ruido de cada explosión cumplía su propósito de no dejarnos salir del miedo. Muchos se fueron, tanto de acá como de allá, unos huyéndole al terror y otros a las retaliaciones de sus hechos. Para Rosario la guerra era el éxtasis, la realización de un sueño, la detonación de los instintos.

—Así sí vale la pena vivir aquí —decía.

Eran ellos contra nosotros, cobrándonos ojo por ojo todos los años en que fuimos nosotros contra ellos. Con Rosario metida en nuestro bando o nosotros en el de ella, no sabíamos qué posición tomar, sobre todo Emilio, porque yo ya no podía decidir, tenía que aceptar el bando, el único posible, que siempre escoge el corazón. Sin embargo, nunca tomamos parte de ningún lado, nos limitamos a seguir a Rosario en su caída libre, tan ignorantes como ella del porqué de las balas y los muertos, gozando como ella de la adrenalina y de los vicios inherentes a su vida, cada uno queriéndola a su manera, éramos muchos buscando algo diferente detrás de una misma mujer, Ferney, Emilio, los duros de los duros, y yo, el que más y el que menos podía tenerla.

—No he podido saber por qué —me dijo una vez—, pero vos sos distinto a todo el mundo.

Aunque no me sirvió de nada, Rosario también aprendió a conocerme, no con la minuciosidad que yo la conocí, sino con sus conclusiones espontáneas. De todos hablaba y los definía, pero yo tuve el privilegio de ser el único al que le descubrió nuevas facetas, el único al que le hizo preguntas de adentro, el único en que esculcó para encontrar lo que nunca le dieron, pero se asustó con el hallazgo, los dos nos llenamos de miedo esa noche, la única noche, cuando volvimos a cerrar lo que abrimos como si nunca lo hubiéramos visto.

—No enredemos más las cosas, parcero —me dijo esa noche.

Yo cerré los ojos, lo único que se me permitió tener abierto desde entonces y pensé en lo tonto que había sido y en que ya era muy tarde, porque las cosas no podían estar más enredadas.

SIETE

Hasta la sala de espera ha entrado el violeta maluco que anuncia el amanecer. El pesebre sigue alumbrando pero las montañas ya no se pierden en la noche. El viejo que me acompaña duerme con la boca abierta y un hilo de babas le chorrea por la camisa. He tenido la impresión de que yo también me he quedado dormido por un momento, tal vez solamente unos segundos, pero fueron suficientes para secarme la boca y dejarme la cabeza pesada. Nadie caminaba por los pasillos. Al fondo, la enfermera de turno sigue profunda detrás del mostrador. Un frío se me ha metido de pronto al cuerpo, me he arropado con mis brazos, pensando que no venía de afuera, sino que se me había escapado de adentro, justo en el instante en que me di cuenta de la quietud anormal que reinaba en el hospital.

«Se murieron todos», pensé.

Pero cuando veo que ese «todos» también incluye a Rosario, hago ruidos con los pies, he tosido, he mecido mi butaca para cortar ese silencio. El viejo abrió los ojos, se limpió las babas, me mira, pero le puede más el peso de los ojos que no le permite salir de su sueño. La silla de la enfermera también chirrió. Seguimos vivos y seguramente

Rosario también. Me dieron ganas de llamar a Emilio pero ya se me quitaron.

—¿No le tenés miedo a la muerte, Rosario? —le había preguntado.

—A la mía, no —contestó—, pero sí a la de los otros. ¿Y vos?

—Yo le tengo miedo a todo, Rosario.

No supe si se refería a las muertes que ella había causado o a las de sus seres queridos. Porque pienso que su gordura post-crimen está más relacionada con el miedo que con la tristeza por la pérdida. Cuando salí del «shock» después de saber que Rosario mataba a sangre fría, sentí una confianza y una seguridad inexplicables. Mi miedo a la muerte disminuyó, seguramente por andar con la muerte misma.

—Yo me la imagino como una puta —así me la describió—, de minifalda, tacones rojos y manga sisa.

—Y con ojos negros —le dije yo.

—Como parecida a mí, ¿no cierto?

No le molestaba parecérsele, ni encarnarla. Hubo una época en que se maquillaba la cara con una base blanca y se pintaba los labios y los ojos de negro y en sus párpados se ponía polvo morado, como si tuviera ojeras. Se vestía de negro, con guantes hasta los codos y del cuello se colgaba una cruz invertida. Fue por los días en que andaba encarretada con el satanismo.

—El diablo es un bacán —decía.

Yo le pregunté qué había pasado con María Auxiliadora, el Divino Niño y San Judas Tadeo. Me dijo que Johnefe le había dicho que la ayuda había que buscarla por todos los lados, con los buenos y con los malos, que para todos había cupo.

—Pero Johnefe dice que el diablo es el más generoso —aclaró.

Me dijo que eso no era nada nuevo, y que nos iba a llevar para que viéramos cómo era la cosa, que era un solle bacanísimo, mejor que cualquier droga.

—¡¿Qué?! ¿Nos vas a llevar donde el diablo? —le dije sin ocultar el miedo.

—¡Las güevas! —dijo Emilio—. Conmigo no cuenten.

—Conmigo tampoco —dije yo.

—Par de maricas —nos dijo Rosario—. Definitivamente estoy hecha con este par de güevones.

Nunca fuimos. Yo con la sola historia de que uno tenía que tomarse un vaso con sangre de gato, descarté cualquier posibilidad. Además, uno oía otros cuentos muy raros.

—También sacrifican niños —me dijo Emilio en secreto—. Se los roban y los ponen en un altar y les cortan el cuello y se les toman la sangre. Por eso es que últimamente se ha perdido tanto chiquito.

—Y lo de las vírgenes —añadí—, ¿sí será verdad?

—Pues que las matan, yo creo que sí, pero lo de vírgenes sí lo dudo.

A Rosario le molestó nuestra risita.

—Ríanse, güevones, ríanse, pero cuando estén bien jodidos no empiecen a pedir ayuda.

El encarrete satánico no le duró mucho. Sin decirle nada y casi sin darnos cuenta, Rosario fue dejando la palidez, las ojeras y la boca oscura, para volver a los colores de siempre. Abandonó el aire de misterio y volvió al desparpajo de sus apuntes. Yo no me aguanté la gana de preguntarle qué había pasado con el diablo.

—Es que no me gustó la música —dijo—. Eso es un ruido todo cagado. A mí lo que me gusta es otra cosa. Las canciones bonitas, las de amor, que uno pueda entender lo que dicen y que digan cosas bacanas.

Eso es algo que nunca entendí de Rosario, la contradicción entre las canciones románticas que le gustaban y su temperamento violento y su sequedad para amar.

—¿Qué es lo que te gusta, Rosario?

—Vos sabés. María Conchita, Juan Gabriel, Paloma, Perales, gente bacana, que canta con la mano en el pecho y los ojos cerrados.

Lo que no nos contó Rosario fue la otra razón por la que se aburrió de los satánicos, pero la supimos porque en una rumba Gallineto, todo embalado, nos la contó.

—La niña se tumbó a un man de la secta. ¿No sabían? Yo pensé que a todo el mundo le había llegado el fax. Estábamos jugando a que nos empelotábamos y que todos con todos. Ya nos habíamos soplado como cinco tamaleras y estábamos muy sensibles, y a la niña no le gustó que el tipo le retacara a la fuerza, y es que la tenía arrinconada, apretándola con la rodilla y haciéndole duro, y entonces qué pasó, yo me pillé todo el rollo, la niña de pronto como que se dejó hacer, se puso dócil, ¿sí me entienden?, como si le hubiera empezado a gustar, le comenzó a dar besitos al man y dejó que la apretara bastante, cuando de pronto, ¡tan!, oímos un pepazo en seco, muy raro, sonó muy raro, y claro, el man empezó a desbaratarse, untado de sangre por todas partes, y a la niña también se le ensució la ropita interior, ¿sí me entienden?, ella lo terminó de empujar con el pie y le dijo una cosa ahí que no me acuerdo, y oigan, a todos los que estábamos empelota se nos bajó, pero ella fresca, guardó el fierro en la cartera, se vistió y se fue sin despedirse, y todos nos quedamos intrigados sin saber de dónde había sacado la pistola, y yo miré a Johnefe y le dije: «La niña ya se sabe defender».

—¿Y este hijueputa qué le hizo a la niña? —dijo Johnefe—, para volverlo a matar.

—Fresco man —le dijo Gallineto—. La niña ya arregló todo, por qué más bien no aprovechamos la sangre de éste, que tengo sed.

—A mí la sangre de los hijueputas me sienta como mal —dijo Johnefe.

Rosario nos dijo después que todo eran mentiras de Gallineto. Que lo único que la motivó a salirse fue la música, y que si no le creíamos que le preguntáramos a su hermano, pero cuando supimos la historia Johnefe ya estaba muerto. Entonces esgrimió su segunda prueba de inocencia:

—O es que acaso me vieron gorda después, ¿o qué?

Cada vez estábamos más confundidos con Rosario. Se comenzaron a crear historias sobre ella y era imposible saber cuáles eran las verdaderas. Las que se inventaban no eran muy distintas de las reales, y el misterio y las desapariciones de Rosario obligaban a creer que todas eran posibles. En las comunas de Medellín, Rosario Tijeras se volvió un ídolo. Se podía ver en las paredes de los barrios: «Rosario Tijeras, mamacita», «Capame a besos, Rosario T.», «Rosario Tijeras, presidente, Pablo Escobar, vicepresidente». Las niñas querían ser como ella, y hasta supimos de varias que fueron bautizadas María del Rosario, Claudia Rosario, Leidy Rosario, y un día nuestra Rosario nos habló de una Amparo Tijeras. Su historia adquirió la misma proporción de realidad y ficción que la de sus jefes. Y hasta yo, que conocí los recovecos de su vida, me confundía con las versiones que venían de afuera.

—Emilio, ¿sí has oído todo lo que andan diciendo?

—No me digás nada, viejo —decía—, que me estoy volviendo loco.

Entre los nuestros también se colaron las historias incorroborables de Rosario, historias que tomaban un pedazo de realidad y el resto se iba añadiendo de boca en boca, acomodándose a las necesidades del interlocutor. Algunas de ellas nos incluían. Pero alcancé a escuchar tantas cosas que nunca pude recopilarlas para contárselas a ella, que gozaba hasta más no poder con lo que decían.

—Contame, parcero, ¿qué más dicen de mí?

—Que has matado a doscientos, que tenés muelas de oro, que cobrás un millón de pesos por polvo, que también te gustan las mujeres, que orinás parada, que te operaste las tetas y te pusiste culo, que sos la moza del que sabemos, que sos un hombre, que tuviste un hijo con el diablo, que sos la jefe de todos los sicarios de Medellín, que estás tapada de plata, que la que no te gusta la mandás tusar, que te acostás al tiempo con Emilio y conmigo... en fin, ¿te parece poquito? Qué tal que todo fuera verdad.

—Todo no —me dijo—. Pero sí la mitad.

Ya hubiera querido ella que todo fuera cierto, y yo también. Porque mi sitio estaba en la mitad excluyente, con las historias que nunca tuvieron lugar, junto con el hijo del demonio, mentiras, porque Rosario nunca pudo tenerlos, junto a las tetas y el culo artificiales, mentiras, porque yo se los toqué, una sola vez, una sola noche, y nunca antes ni después tocaría algo más real, más de carne, más hermoso; junto a la Rosario que era hombre, mentiras, porque no existía nadie tan mujer.

—Qué más dicen, parcero, contame más.

—Puras güevonadas. Imaginate. Dizque yo ando enamorado de vos.

—¡Eh! Ya no saben qué inventar —dijo ella y me mató.

—Imaginate —dije yo agonizante.

¡El amor aniquila, el amor acobarda, disminuye, arrastra, embrutece! Una vez, después de una parecida a la que acabo de recordar, me encerré en un baño de una discoteca y me di cachetadas hasta que se me puso roja la cara. ¡Zas! por güevón, ¡zas! por marica y ¡tenga! por gallina. Cuanto más me golpeaba más rabia sentía conmigo mismo, y más imbécil me sentí cuando tuve que esperar a que se me bajara el rojo de los cachetes para poder salir. También duré como dos semanas con la boca a medio abrir por la mandíbula resentida. Juré que sacaría valor y le diría lo que sentía por ella, y después me encerré muchas veces en el mismo baño donde me cacheteé a ensayar las palabras con las que le confesaría mi amor:

—Rosario, estoy enamorado de vos.

—Rosario, hace mucho que tengo una cosa para decirte.

—Rosario, adiviná quién está enamorado de vos.

Nunca le dije éstas ni las otras miles que preparé. Volvía frustrado a darme una tunda frente al espejo, el único que me las escuchó.

—¿Estás metiendo perico? —me preguntó Emilio.

—No, ¿por qué?

—Esa paraderita tan rara que tenés al baño.

—Tengo meadera —le dije.

—Y los cachetes colorados —añadió.

Nunca entendí cómo ella ni nadie se dio cuenta. Las sospechas de Emilio no pasaban de dos preguntas tontas, y si ella hubiera sabido algo no hubiera mantenido la cercanía y la confianza que siempre me tuvo. Yo estaba seguro de que todos lo sabían, porque el amor se nota. Por eso siempre guardé una esperanza, porque nunca vi a Rosario mirar a Emilio, a Ferney, a ninguno, como la miraba yo, nunca la vi volver de donde los duros de los duros con los ojos delatando un amor.

Y cuando me atacaba alguna duda, le volvía a preguntar, buscando en su pasado algún rescoldo de su capacidad de amar.

—¿Alguna vez te has enamorado, Rosario?

OCHO

Emilio me había dicho que me iba a presentar a la mujer de su vida: Rosario. Como siempre decía lo mismo, esa vez tampoco le creí. A mí un despecho y unos exámenes parciales me habían alejado por esos días de la rumba que siempre compartía con él. No me era extraño tenerme que encerrar por esas razones, el amor y el estudio siempre me dieron duro. Pero cuando lograba recuperar la materia y el corazón, volvía a la búsqueda nocturna en las discotecas, descifrando las miradas de las nuevas y posibles candidatas, envalentonado por la música y el alcohol. Por lo general, al poco tiempo me volvía a rajar, y me encerraba de nuevo para sacar a mis estudios de sus notas en rojo y para reponerme del maldito amor. Siempre fue así, hasta que llegó Rosario.

—Vos ya la conocés —me dijo Emilio—. Es una de las que se sientan en la parte de arriba.

—¿Cómo me dijiste que se llamaba? —pregunté.

—Rosario. Vos ya la has visto.

—¿Rosario qué? —volví a preguntar.

—Rosario... No me acuerdo.

Yo estaba buscando en mi cabeza a alguien de nuestro lado, por eso me extrañaba no recordarla; además, a esos sitios siempre terminamos yendo los mismos. Al poco tiempo, cuando por fin la conocí, entendí por qué no la ubicaba. Emilio me la señaló. Bailaba sola en la parte alta donde siempre se hacían ellos, porque ahora que tenían más plata que nosotros les correspondía el mejor sitio de la discoteca, y tal vez, porque nunca perdieron la costumbre de ver a la otra ciudad desde arriba. Del humo y las luces que prendían y apagaban, de los chorros de neblina artificial, de una maraña de brazos que seguía el ritmo de la música, emergió Rosario como una Venus futurista, con botas negras hasta la rodilla y plataformas que la elevaban más allá de su pedestal de bailarina, con una minifalda plateada y una ombliguera de manga sisa y verde neón; con su piel canela, su pelo negro, sus dientes blancos, sus labios gruesos, y unos ojos que me tocó imaginar porque bailaba con ellos cerrados para que nadie la sacara de su cuento, para que la música no se le escapara con alguna distracción, o tal vez para no ver a la docena de guaches que la creían propia, encerrándola en un círculo que no sé cómo Emilio pudo traspasar.

—Eso no es nada —me dijo Emilio—, cada vez que va al baño hay un tipo que la acompaña.

—Y entonces, ¿cómo la conociste?

—Al principio nos echamos miradas, nos miramos y nos miramos, cuando yo volteaba a verla ella ya me estaba viendo, y cuando ella volteaba a verme me pillaba en las mismas, después nos dio risa, entonces ya nos mirábamos y nos reíamos, después ella se fue para el baño y yo me fui detrás, pero con el primero que me topé fue con el atarván que no la desamparaba.

—¿Y entonces?

—Entonces nada —continuó—, no pudimos hacer nada, apenas mirarnos y sonreírnos, pero yo creo que el tipo se la pilló, porque vos no te imaginás el mierdero que se armó después, eso manoteaban y gritaban y había uno que la agarraba por el brazo pero ella no se dejaba, hasta patadas le dio al tipo, y ella me miraba de vez en cuando, y el que la acompañaba al baño me señaló un par de veces y ella seguía alegando y todo el mundo tuvo que ver con el despelote ese.

—¿Y entonces? —volví a preguntar.

—Entonces nada. Se la llevaron a la fuerza. Pero vos no te imaginás la mirada que me echó cuando salió. Vos no te la imaginás.

A mí la historia en lugar de intrigarme me asustaba. Ya habíamos sabido de algunos de nosotros, que por meterse con las de ellos se habían ganado un tiro o les había tocado cambiar de discoteca. Estaba seguro de que Emilio no iba a ser la excepción. Sin embargo, cuando él me contó esta historia, ella ya dominaba la situación y era la nueva pareja de Emilio.

—Al otro día volvió sola. Imaginate, viejo, sola, sin el combo, solamente con una amiga, que te la vamos a presentar y no está tan mal.

—No me mariquiés la vida, Emilio, más bien seguime contando.

—Pues que ella llegó sola, pero yo estaba con Silvana.

—¡¿Con Silvana?! —le pregunté—. No jodás. ¿Y entonces?

—Pues que Rosario me quería comer con los ojos y Silvana estorbando, entonces apliqué el viejo truco de la maluquera, pedí la cuenta, y cuando estaba saliendo le hice la seña a Rosario de que ya volvía.

—¿Y por qué estás manejando tan rápido, Emilio? ¿Cuál es el afán? —le preguntó Silvana.

—Es que estoy muy maluco, mi amor —le contestó—. Muy maluco.

—Vos sos la cagada, Emilio —le dije.

—¿Cuál cagada? —dijo—. Con ese bizcocho esperándome.

—¿Y sí te esperó?

—Pues claro, güevón, a mí todas me esperan. Y vos no te imaginás la dulzura. Al principio como tímidos, pero después...

—¿Cómo te llamás? —le preguntó Emilio.

—Rosario —contestó ella—. ¿Y vos?

—¿Yo? Emilio.

Definitivamente Emilio era de buenas, tanto que resultó ser la excepción. No sabíamos qué tenía Rosario porque aunque sus amigos siguieron yendo, nunca se acercaron ni molestaron a Emilio y mucho menos después del incidente con Patico. El único que cuando iba no les quitaba los ojos de encima, que no bailaba por estar mirándolos, que no soltaba la mano de la cacha de la pistola, que cuando ponían una para bailar pegados se le salían las lágrimas, era Ferney. Se entronizaba en su palco alto, pedía una botella de whisky, y se acomodaba de manera que siempre los tuviera al frente, para mirarlos con rabia, y cuanto más borracho más ira y más dolor se le veía en los ojos; sin embargo, nunca se levantó de su silla, ni siquiera para orinar.

Al comienzo, no pude evitar sentir cierta simpatía por él, cierta solidaridad con alguien que indiscutiblemente era de los míos. Ferney era del club de los que callamos, los del nudo en la garganta, los comemierda que no decimos lo que sentimos, los que guardamos el amor adentro, escondido cobardemente, los que amamos en silencio y nos arrastramos. Mientras él nos miraba, yo de reojo también lo miraba, y no entendía por qué tanta obsesión, hasta que la fui conociendo, hasta que se me empezó a meter, hasta que me vi perdido con Rosario adentro, causándome desastres en el corazón. Entonces lo entendí, quise poner una silla junto a la suya y emborracharme con él, y mirarla con su mismo dolor y su misma rabia, y llorar por dentro cuando la besaba, cuando bailaban juntos, cuando le hacía en secreto las propuestas que consumaban más tarde.

—Ese Ferney sí es bien raro —decía Rosario—. Miralo, ¿vos lo entendés?

—A lo mejor sigue enamorado —le dije, justificándolo.

—Ahí está la güevonada —dijo ella—. Ponerse a sufrir por amor.

«¿De qué estás hecha, Rosario Tijeras?», me preguntaba siempre que la oía decir cosas así. «¿De qué estás hecha?», cada vez que la veía irse para donde los duros de los duros, cada vez que la veía salir flaca y volver gorda, cada vez que me acordaba de nuestra noche.

—La tengo aquí —decía Emilio, mostrándome la palma de su mano—. Creo que esta noche sí como de eso.

No le di importancia a la primera vez que se acostaron, es más, ni siquiera recuerdo cuándo fue. Rosario todavía no hacía estragos en mí. Cuando él me lo contó, yo solamente pensaba que Emilio estaba jugando con candela y que lo iban a matar. Además, si bien Ferney no se acercaba, por esa época fue que le dio por mandar razones, y yo temía que cumpliera sus amenazas. En ese entonces yo quería más a Emilio, y me preocupaba lo que le pudiera pasar, hasta me atreví a contarle mis temores a Rosario.

—Tranquilo —me respondió—. Mi hermano ordenó que no nos tocaran.

No es que el tipo hubiera querido proteger a Emilio, porque ni siquiera se conocían. Era por ella, porque los deseos de su hermana eran órdenes. El «terror de las comunas», el subalterno que empanicó a Medellín, caía rendido, chocheando con los caprichos de su hermana menor.

—Que la niña decida —decía Johnefe.

Pero cuando lo mataron me volvieron los temores. Al no estar Johnefe, Ferney quedaba como jefe del combo y la muerte de su compañero lo había vuelto más violento y también más posesivo con Rosario. Pretendía reemplazar al hermano y recuperar su puesto de novio; sin embargo, Rosario no quería ninguna de las dos cosas.

—Mejor te calmás, Ferney —le dijo ella—, que yo ya me sé cuidar solita y además no me interesa tener novio.

—¿Y el güevón del Emilio? —le preguntó Ferney.

—Emilio es Emilio —contestó.

—¿Cómo así? ¿Y yo?

—Vos sos Ferney.

No era raro oírla salir con ese tipo de evasivas para resolver lo que le daba trabajo explicar. A Ferney, que era tan lento para la bala como para la cabeza, no le quedaba más remedio que rascársela y echarle un nuevo par de madrazos a Emilio.

—De todas maneras —le dije a Rosario—, a mí ese Arley no me deja de dar desconfianza.

—Ferney.

—Eso —continué—. El día menos pensado se emberraca y hace una de las suyas.

—Qué va, él ha cambiado mucho —dijo ella—. Si lo hubieras conocido antes ahí sí te hubieras asustado. Imagínate que una vez, cuando éramos novios, nos fuimos para cine a ver una de Schwarzenegger, no nos las perdíamos, pero atrás se nos sentó un tipo que desde que llegó no paró de comer papitas y el ruidito de la bolsa ya tenía loco a Ferney, me decía que no lo dejaba concentrarse y era verdad porque se la pasó mirando para el frente y para atrás, hasta que no se aguantó más:

»—Disculpe, jefe, pero nos está perturbando el ruido de la bolsita.

»El tipo no le paró bolas, ni siquiera lo miró y siguió comiendo. Es más, cuando terminó, abrió otra bolsa. Y Ferney insistió:

»—Disculpe, jefe, pero creo que no me escuchaste bien. Nos está molestando el ruido de la bolsita, ¿podrías dejar las papitas para después?

»El tipo ni se inmutó —continuó Rosario—, pero el que sí se emberracó duro fue Ferney. Se volteó del todo hasta que tuvo al tipo de frente, sacó el fierro, se lo incrustó en la barriga y disparó. El hombre apenas si se movió, soltó el paquete, se miró la barriga y ahí quedó, con cara de asustado como si la película fuera de miedo.

—¿Y la gente qué hizo? —le pregunté.

—Nada. Nadie se dio cuenta porque el balazo de Ferney se perdió en la balacera tan berraca que había en la pantalla.

—¿Y terminaron de ver la película?

—No, parcero. Ferney me dijo: «Vámonos de aquí que ya me aburrí».

Ése era el enemigo de Emilio. Y Rosario diciéndome que no me preocupara. Yo pensaba que si todo eso había sido por un paquete de papitas, qué no haría dolido por el amor. Si hasta yo, que no mato ni una mosca...

—Mirá, parcero —decía Rosario—: él sabe que si le hace daño a Emilio me lo hace a mí y de lo que sí estoy segura es que Ferney nunca se atrevería a herirme.

Rosario sabía mover sus fichas, conocía a su gente y qué esperar de ellos. Y si alguien le fallaba, sabía que sería recompensado con un beso y castigado con un tiro, a quemarropa, así como le enseñó Ferney.

Siempre hacía lo que le daba la gana, ella misma admitía lo voluntariosa que fue desde chiquita. Por eso dejó a su mamá y se fue con su hermano, y tal vez por eso es que nunca comprometía su corazón. Nada amarraba a Rosario, ni siquiera los duros de los duros, con quienes siempre se mostraba complaciente.

—Pero el día en que no me cumplan me largo —me decía.

—Que no te cumplan ¿qué?

—Es un negocio, parcero, un negocio de palabra, y si yo cumplo, ellos me tienen que cumplir.

Yo le escuchaba esos argumentos por la misma época, más o menos cada año, cuando les hacía sus nuevas exigencias, recordándoles las condiciones del contrato. Así lograba que le cambiaran el apartamento o el carro, o que le engordaran su cuenta bancaria.

—Si me quieren volver a ver, que me cambien el Mazdita —decía—. Ya va siendo hora.

Estoy seguro de que en el fondo a Ferney le gustaba que Rosario siguiera con ellos: lo alegraba ver a Emilio vuelto mierda, así él mismo la hubiera perdido para siempre. La diferencia fue que, en cuanto a ella, la relación con Emilio no cambió para nada. Para Rosario lo de los duros era una especie de cruce, donde cada cual ponía lo mejor que tuviera para poner.

—Y Emilio es Emilio —insistía.

Pero Emilio no lo veía con los mismos ojos. Para él era putear y nada más. Pero lo que más le dolía era que todo el mundo lo supiera y, sobre todo, porque él fue el último en saberlo. Por la cercanía que tuvimos con ella, Emilio y yo fuimos los últimos en saber para dónde era que salía Rosario calladita la boca. Se oían rumores, pero, como casi siempre venían de lenguas envidiosas, no les hacíamos mucho caso. Después, sería el mismo Ferney quien nos llegara con el cuento. También dudamos, porque sabíamos que Ferney andaba herido y dispuesto a aprovecharse de cualquier circunstancia con tal de acabar con la relación. De ahí no nos quedó otra que preguntárselo a la misma Rosario.

—Preguntale vos —me dijo Emilio—. A vos te tiene más confianza.

—¿Y por qué yo? —le reproché—. Vos sos el novio.

Nos moríamos del miedo. Pensábamos que en su reacción nos mandaría para la mierda y que por un chisme nos quedaríamos sin Rosario. Hasta que un día, después que se perdió todo un fin de semana, la vimos llegar de buen genio y decidimos que ése era el momento.

—La gente sí es bien chismosa —empecé—. Ya no saben qué decir.

—Qué berracos tan chismosos —siguió Emilio—. Vos no te imaginás lo que andan diciendo.

—Ni tan chismosos —dijo ella.

—¿Cómo así? —preguntamos los dos.

—Como siempre —nos dijo Rosario—. La mitad es verdad y la mitad es mentira.

—¿Y cuál es la mitad verdad? —preguntó Emilio.

—Seguramente la que te duele —contestó ella.

Era verdad. Estaba involucrada con ellos desde antes de conocernos. Mientras Emilio se enloqueció tirando sillas, pateando puertas y quebrando muebles, yo me consumía por dentro. Cada vez aparecía alguien más para alejármela, Emilio, la sociedad, Ferney, y ahora ellos. Rosario se quedó callada mientras Emilio le destruía el apartamento. No dijo una sola palabra mientras él lloró, manoteó y puteó. Yo también me quedé en silencio, esperando, al igual que ella, a que Emilio terminara el show. Pero esperando también a que ella me mirara, me dijera algo, me involucrara en su confesión. Todavía no sé si me pasó por alto adrede o no fue capaz de mirarme. Seguramente es peor la traición de los amigos que la del amor.

Vuelvo a pensar en Emilio y en la perturbación que los embrollos de Rosario le causaron. De pronto siento que debo llamarlo otra vez.

—Hace rato que estoy esperando tu llamada, viejo, ¿qué pasó?

—Ya hablé con el médico —le conté—. Dice que está llena de balas.

—¿Las balas de anoche o las balas de antes?

—Le pegaron varios tiros a quemarropa.

—Mientras le daban un beso —añadió Emilio.

—¿Vos cómo supiste? —le pregunté.

—Le están pagando con su misma moneda.

Recuerdo las veces que vi a Rosario besando a otros hombres y los recuerdo cayendo muertos después de un balazo seco, disparado a ras del cuerpo, aferrados a ella, como si quisieran llevársela en su beso mortal.

Recuerdo las palabras de Emilio cuando la besó por primera vez. Siempre hacía alarde de los primeros logros en sus conquistas, la primera cogida de mano, el primer beso, la primera vez en la cama. Pero esa vez su comentario no había sido triunfalista sino más bien desconcertante.

—Sus besos saben muy raro.

—¿Como a qué? —le pregunté.

—No sé. Es un sabor muy raro —me dijo—. Como a muerto.

NUEVE

Emilio y yo habíamos construido desde el colegio una amistad a prueba de embates. Fue un juramento sin palabras, sin pactos de sangre ni promesas de borrachera. Fue simplemente una siembra mutua de cariño de la que cosecharíamos una amistad para toda la vida. Yo había encontrado en él la parte valiente que yo no poseía, no había en mí el tipo que no lo pensara dos veces para zambullirse en la incertidumbre y ése era precisamente Emilio. Y creo que él encontró en mí al cobarde que no existía en él, pero que le hacía falta para pensar dos veces ante el riesgo. Por esos años, yo además de quererlo lo admiraba. Emilio conseguía las mujeres, la plata, el trago, las emociones de la vida. Lo veía moverse libremente, sin escollos morales, sin culpa, saboreándose cada día como un regalo. Yo, en cambio, trataba angustiosamente de hacerle frente a ese modo de vida que era imperativo en los jóvenes. Pero a escondidas, y muy a solas, me embarcaba en lecturas y pensamientos existencialistas que chocaban con mi mundo de la calle, con los planes de Emilio, y después, de una manera muy fuerte, con las normas sociales. Fue entonces cuando encontré en Emilio, además del amigo, mi fortín para la irreverencia. Y ni que decir cuando la encontré a ella, nuestro escándalo mayor, nuestra Rosario Tijeras.

Hoy ya no admiro a Emilio pero todavía lo quiero. Aunque no ha pasado mucho tiempo desde entonces, las circunstancias sacaron a relucir de nuestros adentros lo que verdaderamente éramos, lo que va saliendo con el paso de los años y permite a unos llegar más lejos que a otros. Sin embargo, creo que mi cariño por él no hubiera sobrevivido si no fuera por todos los recuerdos de nuestra inmersión en la vida. Los años por el colegio, nuestro desquite con los curas, la primera vez en cine para mayores, la primera revista porno, nuestro sexo con la mano, las primeras novias, la primera vez, los secretos entre amigos, la primera borrachera, las tardes de terraza en que no hacíamos nada, sino hablar de música, fútbol y cosas por el estilo; la primera traba cagados de la risa y comiendo buñuelos, la finquita que alquilamos en Santa Elena para fumar y beber tranquilos, para llevar mujeres y amanecer con ellas, esa misma casita donde Emilio pasó su primera noche con Rosario y yo después y también con ella, la única.

Fue ella la que nos desaferró de esa adolescencia que ya jóvenes nos resistíamos a abandonar. Fue ella la que nos metió en el mundo, la que nos partió el camino en dos, la que nos mostró que la vida era diferente al paisaje que nos habían pintado. Fue Rosario Tijeras la que me hizo sentir lo máximo que puede latir un corazón y me hizo ver mis despechos anteriores como simples chistes de señoras, para mostrarme el lado suicida del amor, la situación extrema donde sólo se ve por los ojos del otro, donde la comida diaria es la mierda, donde la razón se pierde y queda uno abandonado a la misericordia de quien uno se ha enamorado.

Cada vez que me meto en mis recuerdos y en los que tienen que ver con Rosario, pienso que todo hubiera sido más fácil sin mi silencio. Emilio nunca supo de mi miedo, cuando ya oscuro poníamos botellas vacías en las escaleras del colegio para que los curas las patearan en la penumbra. Nunca supo de mi miedo cuando íbamos a El Dorado a ver cine porno, no supo de mi vergüenza cuando me propuso que nos masturbáramos con la primera *Playboy* que cayó en nuestras manos, nunca supo a lo que supo mi primer beso, ni del orgasmo repentino de mi primera vez. Y ni que decir de mis sentimientos por ella, porque mi silencio fue del mismo tamaño que el del amor que padecí. Desperté muchas sospechas, muchas suspicacias, pero mi boca nunca tuvo el coraje para decir te quiero, me muero, hace mucho que me estoy muriendo por vos.

—¿Qué te pasa, parcero? —me preguntó Rosario.

—Me estoy muriendo —le contesté.

—¿Estás enfermo?

—Sí.

—¿Y qué te duele?

—Todo.

—¿Y por qué no vas donde un médico?

—Porque no tiene cura.

Nunca me atreví a más. Pretendía que un milagro del cielo hiciera que Rosario se enamorara de mí, que fuera ella la que hablara de amor o precisar solamente de un beso para desenmascarar lo que nuestras lenguas entrelazadas no se atreverían a decir.

—¿Cómo conociste a Emilio? —Esta vez preguntó ella.

—Desde chiquitos —le dije—. Desde el colegio.

—¿Y siempre han sido tan amigos?

—Siempre.

Noté en las preguntas de Rosario una suspicacia que iba más allá de la simple curiosidad. Se tomaba mucho tiempo para hacer preguntas tan sencillas. Después confirmé mis sospechas al ver por dónde iba su interrogatorio.

—¿Nunca se han peleado? —volvió a preguntar.

—Nunca.

—¿Ni siquiera por una mujer? —insistió Rosario.

—Ni siquiera.

—Te imaginás, parcero —remató— si a Emilio yo le pusiera los cachos con vos...

Suelo responder a ese tipo de situaciones con una risita estúpida. Es un gesto más bien cobarde con el que evito tomar alguna posición, completamente opuesto a la sonrisa con la que en esa ocasión Rosario dio por terminado su cuestionario. La suya fue más decidida, producto de alguna maquinación y que me pareció inconclusa, porque sus labios se cerraron de pronto como no queriéndose adelantar a lo planeado, para volverse a abrir, como se abrieron justamente esa noche, cuando jadeante y sudorosa debajo de mi cuerpo, Rosario volvió a sonreír.

Durante mucho tiempo estuve pensando en las intenciones de Rosario. Me preguntaba para qué carajo quería serle infiel a Emilio conmigo, si ya lo era con los duros de los duros, sabiendo además que la reacción de Emilio no pasaba de una simple pataleta que se arreglaba con un par de polvos. Obviamente la infidelidad con el mejor amigo dejaba heridas de muerte, pero ¿por qué quería hacerle más daño a Emilio?, ¿por qué quería indisponernos a los dos? Después de tantas conjeturas llegué a lo peor: al lugar de las falsas ilusiones.

«Rosario se me está insinuando», pensé.

«Rosario quiere algo conmigo», volví a pensar.

«Le gusto a Rosario.» La mentira final.

Sin haber pasado nada ya sentía que había traicionado a mi mejor amigo. Ya no era capaz de mirarlo como antes, no era capaz de hablarle de ella como normalmente lo hacía, evitaba mencionar su nombre, no fuera que un acento enamorado se colara y me delatara, y si tocaba hablar de ella lo hacía mirando hacia otro lado, para que no viera chispas en mis ojos.

Ahora estoy seguro de que mi amor quedó bien escondido y que nadie nunca notó nada. Ya hubiera querido yo que ella sospechara algo, que algún gesto le hubiera dicho todo lo que mi cobardía no me dejaba decir, a lo mejor ella hubiera tomado alguna iniciativa, o me hubiera puesto el tema, no sé. Tal vez cuando salga de cirugía y se mejore le cuente todo, sobre todo ahora que ha pasado tanto tiempo, se lo podría contar como una cosa del pasado y hasta nos reiríamos, y hasta de pronto ella me reprocharía por no habérselo dicho antes, a lo mejor ella admitiría que también me quiso pero que también le dio miedo confesarlo. Tal vez más tarde me dejen entrar a verla, tal vez le tome la mano y le cuente todo, que sea lo primero que oiga cuando despierte.

—¿Es su novia o su hermana? —me preguntó el viejo del frente, que se había despertado.

—Ninguna de las dos —le contesté—. Una amiga.

—Se le nota que la quiere mucho.

«Se me notó tarde» pensé, «como todo lo mío». O tal vez todo el mundo lo supo y nadie me dijo nada, para que todo siguiera igual, para no causar daño, para que nadie fuera a perder a nadie, para que no se rompiera la cadena que nos unía. Siempre he pensado que en el amor no hay parejas, ni triángulos amorosos, sino una fila india donde uno quiere al que tiene delante, y éste a su vez al que tiene delante de sí y así sucesivamente, y el que está detrás me quiere a mí y a ése lo quiere el que le sigue en la fila y así sucesivamente, pero siempre queriendo a quien nos da la espalda. Y al último de la fila no lo quiere nadie.

—Adentro está mi hijo —volvió a interrumpir el viejo—. Lo traje casi muerto, casi me lo matan.

Pensé que su hijo podría ser uno de los amigos de Rosario, podría ser Ferney si ya no tuviera la certeza de que estaba muerto, podría ser uno de tantos que conocí en sus fiestas y aunque no estoy seguro de si Rosario lo reconocería, puedo asegurar que él sí sabría quién era ella.

—Cuando despierte su hijo —le dije al viejo—, dígale que a su lado está Rosario Tijeras.

—¿Rosario está ahí? —preguntó sorprendido.

—¿La conoce? —pregunté más sorprendido aún.

—¡Pero por Dios! —dijo ante la obviedad—. ¿Qué le pasó? ¿Qué le hicieron?

—Lo mismo que a su hijo —le dije.

—Lo mismo no, es muy distinto ver las balas en el cuerpo de una mujer. Duele más —dijo—. Pobrecita. Hace mucho que no la veíamos, hasta nos dijeron que ya la habían matado.

No sé por qué me estremecí con lo que dijo, si Rosario y muerte eran dos ideas que no se podían separar. No se sabía quién encarnaba a quién pero eran una sola. Sabíamos que Rosario se levantaba por las mañanas pero nunca estábamos seguros de si volvería por la noche. Cuando se perdía varios días esperábamos lo peor, esa llamada en la madrugada hecha desde algún hospital, desde la morgue, desde una calle, preguntándonos si conocíamos a alguien así o asá que tenía nuestro teléfono en su bolso. Afortunadamente las llamadas siempre las hizo ella, con un saludo expresivo, un «ya llegué» o un «ya volví», feliz de volver a oírnos. El alma me volvía al cuerpo, otra vez podía respirar tranquilo, no me importaba la hora en que me llamara, casi siempre me despertaba, pero no me importaba, lo primordial era saber que estaba bien, que había vuelto, así sólo me llamara para tantear el terreno con Emilio, no me importaba, yo era el único que la recibía bien, porque sé que Emilio, y probablemente Ferney, no mostraban su alegría, no podían.

—Todos los hombres deberían ser como vos, parcero —me decía Rosario—. No te imaginás cómo me joden todos, Emilio, Johnefe, Ferney, todos, vos sos el único que no jodés.

Cuando me decía eso era el único momento en que me alegraba de que yo no fuera correspondido. Me sentía la persona más importante de su vida. Era una satisfacción que me duraba sólo un par de minutos, suficientes para sentirme el hombre de Rosario, el de sus sueños, el que ella tendría si no existieran los otros, y ahí, con esa idea, terminaban los dos minutos en el cielo y caía a la tierra de culo, al lado de los otros, los que de alguna forma sí tenían a Rosario.

—¿Y los duros? —le pregunté—. ¿No te joden?

—¿Cuáles? ¿Los muchachos?

—Hasta donde yo sé no son tan muchachos —le dije.

—Bueno, pero así les decimos nosotras —aclaró Rosario.

No sé a quiénes se refería con «nosotras», pero supuse, aunque odio suponer, que se refería a otras Rosarios, compañeras en su aventura, igual de arriesgadas e igual de hermosas.

—Todos joden, parcero, todos —me dijo—. Y a lo mejor vos cuando te consigás una novia también la vas a joder.

«¿Novia?» pensé, ni siquiera a ella podía imaginarla como tal, era extraño, la quería con todas mis ganas pero no sabía cómo imaginármela conmigo. Nunca tuve la palabra «novia» ni ninguna por el estilo en mis pensamientos con ella. Más que una palabra, Rosario era una idea que hice mía, sin títulos, ni derechos de propiedad, algo tan sencillo pero a la vez tan complejo como decir «Rosario y yo».

—Lo que yo no entiendo es esa manía que tienen las mujeres de quejarse y al mismo tiempo dejarse joder —le reproché.

Levantó los hombros y los bajó: la respuesta sin remedio, la actitud ante lo que no se quiere cambiar. Pero sus palabras me devastaron, hablaba de una novia que yo me iba a conseguir, que por supuesto no era ella y además me sentenció que la iba a joder. No se dio cuenta de que al excluirse el jodido era yo, sabía que yo era distinto porque así me lo dijo, pero se excluía, quedando jodidos los dos.

—No es manía, parcero —dijo ella—, sino que si todos joden, no hay manera de cambiar.

«¡¿Y yo, Rosario?!», gritó mi pensamiento. «¿Y yo? ¡Si acabás de decir que yo soy distinto», grité por dentro sin atreverme a abrir la boca para preguntar, para reclamar por la excepción que había hecho, por el lugar que me merecía, y apreté los labios para gritarle más fuerte, para reclamarle «¡¿Y yo qué, Rosario?!». Entonces no sé si lo que sucedió fue una asquerosa coincidencia o fue que ella alcanzó a escuchar un eco en mi silencio, porque sin que yo le preguntara nada me dijo:

—Vos, parcero, vos sos un bacán —y estiró el brazo frente a mí para que chocáramos las manos.

DIEZ

Medellín está encerrada por dos brazos de montañas. Un abrazo topográfico que nos encierra a todos en un mismo espacio. Siempre se sueña con lo que hay detrás de las montañas aunque nos cueste desarraigarnos de este hueco; es una relación de amor y odio, con sentimientos más por una mujer que por una ciudad. Medellín es como esas matronas de antaño, llena de hijos, rezandera, piadosa y posesiva, pero también es madre seductora, puta, exuberante y fulgurosa. El que se va vuelve, el que reniega se retracta, el que la insulta se disculpa y el que la agrede las paga. Algo muy extraño nos sucede con ella, porque a pesar del miedo que nos mete, de las ganas de largarnos que todos alguna vez hemos tenido, a pesar de haberla matado muchas veces, Medellín siempre termina ganando.

—Nos deberíamos ir de aquí, parcero —me dijo Rosario un día, llorando—. Vos, Emilio y yo.

—¿Y para dónde? —le pregunté.

—Para cualquier lado —dijo—. Para la puta mierda.

Lloraba porque la situación no daba para menos. Estábamos los tres en la finquita, encerrados desde hacía mucho tiempo, metiendo todo lo que se pudiera meter, lo que se pudiera conseguir. Emilio dormía los efectos del abuso y Rosario y yo llorábamos mirando el amanecer.

—Esta ciudad nos va a matar —decía ella.

—No le echés la culpa —decía yo—. Nosotros somos los que la estamos matando.

—Entonces se está vengando, parcero —decía ella.

Rosario había llegado muy irritada después de un fin de semana con los duros y nos pidió que nos fuéramos de la ciudad por unos días. No nos contó lo que le había pasado, ni siquiera después, ni siquiera a mí, pero como sus deseos no daban otra opción, la complacimos y nos fuimos para la finquita. Durante el trayecto yo pensaba que la irritabilidad de Rosario no era nueva, ya llevaba mucho tiempo así, y aunque ella era una consumidora ocasional —«social», dicen algunos— de droga, relacioné su estado con el aumento de su hábito. Yo me había alejado un poco, como a veces lo hacía, porque esa vez su relación con Emilio parecía estar en uno de esos momentos de auge que exaltaban con mucha rumba y mucho sexo. Por eso preferí alejarme un poco. Pero fue precisamente esa euforia la que los fue sumiendo en estados irascibles y tempestuosos que nos distanciaron todavía más, hasta el punto de que pasaron un par de meses y yo no sabía nada de ellos. Hasta una noche en que me llamó Emilio y me pidió que le hiciera compañía en el apartamento de Rosario.

—Está con ellos —fue lo primero que me dijo, pero parecía no importarle. Estaba ido, cuando hablaba se veía que pensaba en otras cosas, si es que podía pensar.

—No te imaginás por las que hemos pasado —me dijo, pero no me contó. Sentí que se le había pegado mucho de Rosario, su misterio, su presunción por el peligro, su necesidad de mí.

—No me dejés solo, viejo —me suplicó—. Quedate conmigo hasta que ella vuelva.

No me quedé de muy buena gana. Emilio estaba insoportable, cualquier detalle lo exasperaba, no llevaba el hilo de ninguna conversación, me pidió plata prestada para comprar droga, me tocó acompañarlo, no se podía quedar un segundo solo, tenía que estar con él hasta en la ducha.

—Estás hecho una mierda, Emilio —no me aguanté para decirle—. Por qué mejor no nos vamos para tu casa. Allá vas a estar mejor.

Me contestó con un par de patadas, pero después se me colgó abrazado, llorando, suplicando, pidiéndome perdón, que por favor lo acompañara hasta que ella llegara, y yo no fui capaz de dejarlo, me dolía verlo así. Además, yo también tenía miedo, presentía, y no me equivoqué, que más temprano que tarde yo acabaría como él.

Como a los tres días llegó Rosario pidiéndonos que nos fuéramos de la ciudad. Estaba iracunda pero nos ordenó que no le preguntáramos nada, nos montamos en su carro y nos fuimos. Como Emilio andaba muy nervioso prefirió subirse atrás, yo me fui delante con Rosario, y a pesar de que le pedí que me dejara manejar, ella insistió en hacerlo, y si en sus cabales ella era una loca al volante, esa vez perdió toda noción de velocidad, control y respeto. Emilio tuvo la osadía de reclamarle.

—¡¿Nos vas a matar o qué?! —dijo él—. Dale despacio que últimamente ando muy nervioso.

Yo me escurrí en el asiento, me agarré de los bordes y estire las piernas como si pudiera frenar con ellas.

Pero no hubo necesidad, porque Rosario frenó en seco, tan en seco que Emilio fue a parar a la parte de delante, en medio de ella y yo, tan en seco que el carro de atrás nos chocó, pero a Rosario pareció no importarle el estruendo de vidrios y latas, sino Emilio, el pobre de Emilio.

—¡Conque estás muy nervioso, maricón! —le gritó en la cara—. ¿Por qué no te vas caminando a ver si te relajás?

—¡¿Caminando?! —dijo Emilio—. No te pongás así.

—No —dijo ella—, es que yo no me pongo así, ¡vos me ponés así! ¡Te bajás ya, hijueputa!

—No es para tanto, Rosario —dije yo de metido.

—¡Vos no te metás o te bajás también! —amenazó.

A todas éstas apareció el dueño del carro de atrás dándole unos golpecitos a la ventanilla de Rosario y mientras ella bajaba el vidrio yo le hice señas al hombre para que se fuera. El hombre no sabía con quién se había chocado.

—A ver señorita cómo arreglamos —dijo de buena manera—, porque me parece que usted frenó como intempestivamente, ¿o no?

—¡¿Intempestivamente?! —dijo Rosario—. Mire, señor, yo frené como me dio la gana, ¿o es que hay algún reglamento para frenar?

—El que da por detrás paga —dijo Emilio todavía incrustado entre nosotros dos, mientras yo le seguía haciendo señas al hombre para que se fuera.

—¡Vos no te metás, Emilio, que el carro es mío! —dijo ella— ¡Vamos a ver qué es la güevonada suya, señor! —le dijo al hombre y se bajó del carro con su bolso, no sin antes cerciorarse de que la pistola estaba ahí.

—¡Rosario! —le gritamos inútilmente los dos.

Lo que pasó atrás no lo pudimos ver bien porque el vidrio, aunque en su sitio, quedó roto. Apenas la imagen de Rosario pegada a la del tipo. Lo que sí escuchamos después fue un tiro que nos dejó perplejos, imaginándonos lo peor. Ella se subió rápido y cerró de un portazo.

—¡Pasate para atrás, güevón! —le dijo a Emilio, que seguía adelante.

Ella arrancó en pique, haciendo sonar las llantas y a una velocidad más alta de la que veníamos.

—¿Qué pasó, mi amor, qué hiciste? —preguntó Emilio, pero ella no contestó.

—¿Arreglaste con él? —le pregunté yo.

—¿Arreglé? Claro que arreglé —contestó por fin.

—¿Y cómo? —volvió a preguntar Emilio, temeroso.

—Intempestivamente —dijo, más para ella que para nosotros y no volvió a abrir la boca hasta que llegamos.

En la finquita las cosas no cambiaron mucho, o tal vez empeoraron. Apenas entramos, Rosario sacó cantidades de cuanto pueda uno meterle al cuerpo: coca, bazuco, marihuana y hasta tabletas de farmacia, las esparció sobre la cama y las separó en grupos. Emilio y yo pensábamos que si lo que Rosario le había hecho al hombre del carro era cierto, probablemente se dedicaría a comer, a engordar para castigar su crimen, pero en ningún momento pidió comida.

—Cambió de menú —me dijo Emilio al oído.

—O a lo mejor no le hizo nada al hombre —dije—. Solamente lo asustó.

Nunca lo supimos. Durante los días que estuve con ellos Rosario habló poco, como poco comió y poco durmió. Tampoco hubo sexo entre ellos, no que yo me diera cuenta. De lo que sí hubo exceso fue de droga, hasta yo me propasé. Nos volvimos como tres suicidas compitiendo por llegar primero a la muerte, tres zombis frenéticos, cortándonos con nuestras rabias afiladas, con nuestros resentimientos punzantes, hiriéndonos a punta de silencio, acallando lo que sentíamos con droga, solamente mirándonos y metiendo. Después, no recuerdo al cuánto tiempo, lloró Rosario, lloró Emilio y cuando ya no pude aguantarme, lloré yo también, sin saber por qué precisamente, o si hubo un motivo uno diría que fue por todo, porque es cuando todo rebosa el alma que uno llora. Después, tampoco recuerdo cuándo, en un instante de lucidez, tiré la toalla y me devolví.

Los dejé solos. Por un mes no supe de ellos, ignoraba si seguían en la finquita y en qué estado; yo por mi parte me dediqué a recuperarme, había encontrado a mi familia hecha un manicomio por mi culpa, todavía más cuando me vieron entrar, cuando me vieron caer arrodillado pidiéndoles ayuda, aunque ellos no me entendieron, pensaron que yo quería salvarme de la droga que contamina el cuerpo y las venas y no de la otra, la que entra por debajo y por los ojos, la que se enquista en el corazón y lo corroe, la maldita droga que los más ingenuos llaman amor, pero que es tan nociva y mortal como la que se consigue en las calles envuelta en paqueticos.

—¿Cómo se quita esto? —le supliqué a mis padres, pero no me entendieron.

Un día muy temprano, Emilio y Rosario me llamaron por teléfono. Seguían donde yo los había dejado y en peores circunstancias. Me pidieron que subiera, que me necesitaban urgentemente, cosa de vida o muerte. Rosario fue quien habló.

—Si no venís me muero —me dijo con una voz distinta a la de siempre, con un «me muero» agonizante pero sobre todo ambiguo, con un «si no venís» suplicante y obligatorio. No dijo nada más, solamente esa frase, no necesitó de más para que yo estuviera con ella, con ellos, al instante. Aunque sabía que era ella cuando la vi, se me escapó su nombre en forma de pregunta como si no la hubiera visto nunca antes.

—Parcero —me dijo apretando su cara contra la mía—, parcerito, siquiera viniste.

Emilio me recibió como un loco, me abrazó y me dio una serie de inexplicables palmaditas en la espalda, aunque en su cara no se le notó alegría por verme, más bien horror, no supe si por mí o por lo que vivían, pero el miedo lo tenía desfigurado, también irreconocible. En ese instante entendí a mi familia cuando me vio llegar, y, al igual que yo hice con Rosario, me llamaron con mi nombre en forma de pregunta como si no hubieran reconocido a su hijo. Esa vez fue cuando Emilio me salió con el cuento de que había matado a un tipo, y que ella después aclaró que no había sido él sino ella y él después que habían sido los dos, en fin.

—Fui yo, parcero —insistió Rosario—. Yo soy la que mato.

No pude saber si era cierto. Si el crimen no sería más bien producto de sus delirios, de sus excesos de droga, de su encierro. También dudé si se referían al hombre que nos había chocado en el carro, tal vez ella sí lo había matado, o quizás era otro nuevo, no sé, era tal la confusión y el desorden de sus ideas que nunca pude saber lo que había pasado en mi ausencia. Incluso después, cuando volvieron a estar en sus cabales, les pregunté por el incidente, pero ninguno de los dos recordaba nada, a duras penas una vaga idea del infierno que habíamos vivido en la finquita.

La razón por la cual me habían llamado me hizo arrepentirme de haber ido a su encuentro. Me dijeron que necesitaban plata y yo generosamente les ofrecí la poca que me quedaba. Pero eso no era lo que buscaban.

—No, parcero —me dijo Rosario—, es que necesitamos *mucha* plata.

—Pero ¿como cuánta? —insistí.

—Como mucha, viejo, como mucha —dijo Emilio.

Pero lo grave resultó no ser la cantidad sino el origen, el sitio donde yo, el elegido unánimemente por ellos, debería reclamar esa plata y la forma como tenía que reclamarla.

—Solamente deciles que vas de parte mía —dijo Rosario.

—Pero ¿por qué yo? —pregunté angustiado—. ¿Por qué no van ustedes?

—Porque por ahora no me quieren ver —explicó Rosario.

—Entonces ¿por qué te van a dar plata?

—Porque se la voy a pedir —dijo ella—. Acordate muy bien: tenés que decir que yo se la mando pedir por las buenas, acordate: por las buenas.

—¿Cómo así? —volví a preguntar todavía más angustiado—. ¿Cómo así que por las buenas?

—Ellos entienden, parcero, limitate a hacer lo que te digo.

—¿Y por qué no vas vos? —le dije a Emilio.

—¡¿Yo?! —contestó la gallina—. No ves que yo soy el novio.

—Mirá, parcero —me dijo Rosario tratando de ser paciente—, si en algo me querés, haceme ese favor.

«Si en algo me querés... —pensé yo—, el amor esgrimiendo una de sus peores armas». Pues claro que la quería, pero ¿qué tanto ella a mí para meterme en ésas? ¿Hasta dónde tendría que bajar yo para justificarle o justificarme su «si en algo me querés»? ¿Qué validez tiene el chantaje en el amor, donde todo se vale? ¿Será que alguien quiere a los cobardes? ¿Al último de la fila?

—Pero ¿para qué tanta plata? —me resolví por otro tema.

—No preguntés güevonadas —me dijo Emilio—. Vas a ir ¿sí o no?

—Pues claro que va a ir —dijo ella y me tomó la mano con cariño—. Claro que vas a ir.

Su juego sucio me hizo descubrir el tope del amor por alguien, el punto crítico donde ya no me importaba morir por Rosario. La veía con mi mano entre las suyas, con sus ojos tiernos así fuera mentira su mirada, con su lengua mojando inútilmente sus labios secos y no podía, no quería decirle que no. No me importaba su descaro al utilizarme, ni el falso amor de esas manos, de esos ojos y de esa lengua. Si ya estaba perdido nada perdía con perderme.

—Entonces ¿qué tengo que hacer?

—Nada —dijo ella como si fuera cierto—. Solamente preguntá por él.

—¿Y cómo le digo? —pregunté—. Señor, doctor, don...

—Como vos querás —dijo ella, dulcemente.

—¿Y si me matan? —pregunté embrutecido por su dulzura.

—Pues te enterramos —contestó Emilio cagado de la risa.

Ella me apretó la mano más fuerte, y me miró engañándome más amorosa y su lengua asesina volvió a salir esta vez un poco más húmeda.

—Si te matan yo los mato y después me mato yo misma.

A «él» no llegué a conocerlo. Para mi suerte, la misión resultó un fracaso, un intento que no traspasó la portería del edificio donde supuestamente se refugiaban porque ya les habían montado la cacería. Lo único que conseguí fue que cinco monstruos acorazados me llevaran arrastrando hasta un garaje para someterme a un interrogatorio de una hora, intimidado por sus armas, insultos y risitas tenebrosas. Pero lo peor es que todo había sido en vano: cuando volví a donde Rosario y Emilio, todavía sin poderme sostener por el temblor en las piernas, los encontré más ausentes y más extraños que nunca.

—¿Cuál plata? —me preguntó Emilio.

—¿De dónde es que venís? —me preguntó Rosario.

—Te la fumaste verde, viejo —me dijo él.

—Estás en la puta olla —me dijo ella y no volvieron a tocar el tema.

Rosario tenía razón respecto al sitio donde yo estaba. A mí, solamente a mí se me pudo haber ocurrido hacerle caso a ese par de degenerados que no sabían ni en qué sitio del planeta se encontraban. «Si en algo me querés...» pensé, «me pudieron haber matado y a estos dos nadie los hubiera bajado de su nube» pensé con rabia, «estoy en la puta olla» pensé con rabia y tristeza.

ONCE

Yo, aquí en el hospital, esperándola a ella, recordándola y hasta haciendo planes y preparando frases para cuando resucite, tengo la sensación de que todo sigue igual. Que estos años que estuve sin ella no han pasado y que el tiempo me ha llevado al último minuto que estuve con Rosario Tijeras. Ese último instante en que, a diferencia de otros, no me despedí. Varias veces le había dicho «adiós Rosario» vencido por el cansancio de no tenerla, pero a esos adioses siempre les seguían muchos «he vuelto» y para mis adentros los eternos «no soy capaz». Y aquí sentado me doy cuenta de que ese adiós definitivo tampoco fue el último, otra vez he vuelto, otra vez a sus pies esperando su voluntad, otra vez pensando cuántas otras veces me faltarán para llegar a la definitiva y última vez. Quisiera irme, dejarla como en tantas otras ocasiones, ya he hecho lo suficiente, ya he cumplido, está en buenas manos, en las únicas que pueden hacer algo por ella, ya no tiene sentido que yo siga aquí, volviendo a lo de antes, es Emilio quien debería estar con ella, él tiene más compromiso, pero yo, ¿qué diablos hago yo aquí?

—Parcero —recordé—. Mi parcero.

Mis pies no atienden la voluntad de mis intenciones. A duras penas me levanto, solamente para ver que todo sigue igual, la enfermera, el pasillo, el amanecer, el pobre viejo dormitando, el reloj de la pared y sus cuatro y media de la mañana. Por la ventana, una niebla madrugadora nos deja sin montañas, borra el pesebre y los barrios altos de Rosario, probablemente también nos dejará sin sol este día y hasta traerá algún aguacero, de esos que arrastran lodo y piedras y que le dejan a uno la sensación de que ha llovido mierda.

—No me gusta cuando llueve —me había dicho una vez Rosario.

—A mí tampoco. —Y que conste que no lo dije por complacerla.

—Parece que arriba estuvieran llorando los muertos, ¿no cierto? —dijo.

Me la habían devuelto media después de la temporada de drogas en la finquita. Emilio la había dejado en su apartamento y me llamó para advertirme. Él no andaba en mejores condiciones, pero al menos tenía un sitio donde llegar y no sentirse solo.

—Cuidala vos, viejo —me dijo—. Yo ya no puedo.

Me volé para donde ella. Había dejado la puerta abierta y cuando entré la encontré mirando la lluvia, desnuda de la cintura para arriba, sólo con sus bluyines y descalza. Al sentirme se volteó hacia mí y me miraron sus senos, sus pezones morenos electrizados por el frío. No la conocía así, tal vez parecida en la imaginación de mi sexo solo, pero así, tan cerca y tan desnuda...

—Por Dios, Rosario, te vas a enfermar —le dije.

—Parcerito —me dijo ella y se me arrojó en un abrazo, como siempre que se veía irremisiblemente perdida.

La cubrí, la llevé hasta la cama, la arropé con las cobijas, busqué con la mano algún rastro de fiebre en sus mejillas, le acaricié el pelo hacia atrás, le hablé dulcemente, con el tono maricón que ella tanto odiaba, pero que yo no podía evitar al verla así, derrumbada, abatida, demacrada, pero sobre todo, tan sola y tan cerca de mí.

—Estoy mamada, parcero, mamada de todo —apenas si le salía la voz.

—Yo te voy a cuidar, Rosario.

—Voy a dejarlo todo, parcero, todo. Voy a dejar esto que me está matando, voy a dejar esta vida maluca, los voy a dejar a ellos, voy a dejar de ser mala, parcero.

—Vos no sos mala, Rosario. —Lo dije convencido.

—Sí, parcero, muy mala, vos sabés que sí.

Le pedí que no hablara más, que descansara, que tratara de dormir. Entonces cerró los ojos obedeciendo, y la vi tan pálida, tan consumida, tan escasa de vida que no pude evitar imaginármela muerta, me recorrió un pavor inmenso que me hizo apretarle las manos y después inclinarme, para darle sin inhibición un beso en la frente.

—Yo te voy a cuidar, Rosario.

En un suspiro botó parte de su cansancio, sentí que tomó aire nuevo, el buen aire con el que soñaba, el de sus nuevos propósitos, sentí que soltó mi mano y que descansaba, la arropé hasta el cuello, cerré las cortinas, caminé sigiloso hasta la puerta, pero no fui capaz de dejarla sola, me senté a su lado, a mirarla.

—Te quiero mucho, Rosario —lo dije en voz alta, pero con la seguridad de que estando profunda ya no me escuchaba.

Me quedé en su casa durante los días siguientes para cuidarla y acompañarla en su estado. Fueron días muy difíciles. Rosario se hundía vertiginosamente en su depresión y de paso me arrastraba. Trataba de dejar infructuosamente la droga, en las noches me tocaba salir, presionado por su desesperación, a buscarle algo en las «ollas» más tenebrosas. Pero a la mañana siguiente volvía a llorar la culpa de su recaída, maldecía la vida que vivía y nuevamente juraba sus buenos propósitos.

—No sé qué será mejor, si morirme o quedarme así.

—No hablés bobadas, Rosario.

—Es en serio, parcero, es una decisión muy difícil.

—Entonces quedate así.

De lo que sí estaba seguro era de que su angustia no se debía exclusivamente a la droga. Fueron las circunstancias que la llevaron a ella, las que precisamente sumergieron a Rosario en el fondo de lo que ya se había llenado. La droga fue el último recurso para paliar el daño que la vida ya le había hecho, la cerca falsa que uno construye al borde del abismo.

—Tiene que haber una salida —le decía yo—. La famosa luz al final del túnel.

—Es lo mismo.

—No te entiendo, Rosario.

—Que la famosa luz no alumbra nada nuevo, nada distinto a lo que había al entrar al túnel.

Va uno a ver y es cierto. No hay gran diferencia entre los paisajes de entrada y de salida. Entonces sólo queda la mentira como única motivación para vivir.

—Si el túnel es largo como el tuyo, podés entrar con lluvia y salir con sol, eso sí se puede.

—¿Y a mí quién me garantiza, parcero, que no vuelve a llover?

Me hizo recordar a las ballenas testarudas que no quieren regresar al mar. Por más que yo intentaba arrastrarla hacia la luz, ella ayudada por mi peso buscaba hundirse más, como si fuera un propósito. Finalmente acepté que yo no podía hacer nada por ella, que mi única alternativa era estar a su lado y esperar a que al menos rebotara en su caída.

—Si no te mentís y no te ilusionás, nunca vas a lograrlo, Rosario —fue lo último que le dije antes de mi resignación.

Yo por mi parte opté por esa fórmula. Soñé con una Rosario recuperada, llena de vida, y la mentira en su punto extremo: llena de amor por mí. Una ilusión que duró lo que dura una pregunta.

—¿Qué has sabido de Emilio?

Le respondí la verdad, que nada. Pero no le conté por qué no sabía nada de él. En mi respuesta le debí haber hablado de mi encierro y mi dedicación a ella, de las noches que me pasé mirándola dormir, de las alternativas que busqué para sacarla de su hueco, del placer que me producía saberme a solas con ella, así fuera en la agonía. Por eso y por mucho más —porque no le mencioné mis celos— no sabía nada de Emilio ni del mundo de afuera, ni siquiera el mes, el día y la hora, ni siquiera mi nombre porque lo único que escuchaba era su «parcero, parcerito» sonando a súplica y a lamento.

Después de un tiempo abrimos las ventanas. Fue un buen síntoma de nuestra mejoría. El apartamento se llenó de una luz que entonces nos pareció más fuerte de lo normal. Ya nos habíamos habituado a la oscuridad día y noche, al encierro de los desahuciados, a no tener tiempo ni lugar en este mundo. Pero de pronto sentí el correr de una cortina y después de otra y después del resto. Era ella quien las abría, de un solo jalón, con un fuerte impulso. Yo salí con los ojos apretados por la luz del sol o tal vez porque la esperanza volvía a brillar en esas ventanas.

—A este apartamento no le cabe el polvo —dijo ella—. Hay que hacerle una limpieza general. Como dice doña Rubi: que la pobreza no se confunda con el desaseo.

—Perdoname, Rosario —le dije—, pero ¿de qué pobreza estás hablando?

—Todo esto es prestado, parcero —dijo—. El día menos pensado les da la ventolera y me lo quitan.

Se metió a la cocina y la vi salir al instante con la aspiradora, trapos, escobas y balde, se recogió el pelo, se tiró un trapo sobre el hombro, se dispuso a enchufar el aparato pero se percató de mi asombro.

—¿Qué estás haciendo ahí parado? —preguntó.

—¿Qué vas a hacer, Rosario?

—Querrás decir qué *vamos* a hacer —dijo—. Vamos a limpiar, parcerito, y no te me hagás el güevón, vení y cogé.

—¿Y por qué no llamás a la señora que te hace el aseo?

—¡Qué señora ni qué mierda! —dijo—. Yo me encargo del salón y la cocina y vos de los cuartos. ¡Pero hacele que no es para mañana!

Me entregó los utensilios, conectó la aspiradora, pero me pareció que la máquina era ella y que era a ella a la que le llegaba la energía del tomacorriente. «¿Rosario limpiando? —pensé cuando entré a las áreas que me había asignado—, no sé si es para preocuparse o para cagarse de la risa». Pero sí me preocupé cuando me vi cargando los bártulos que Rosario me había entregado y que apenas sospechaba cómo se usaban. «Si Emilio me viera», pensé y después no pude evitar pensar seriamente en Emilio.

Después, él mismo me había de contar por todas las que había pasado. O en sus propias palabras: cómo lo pasaron, porque su familia lo movió entre médicos, psicólogos, terapeutas, buscando que alguno le ordenara un tratamiento fuera del país o, de acuerdo con las intenciones de su familia, fuera de Rosario; sin embargo él, a pesar de su estado de aparente ingravidez, sacó siempre alguna fuerza para pronunciar un definitivo «no me voy y no me voy», lo cual llevó a su familia a mover su propuesta al otro lado, es decir, a sacar a Rosario. Las consecuencias, como era de suponer, no pudieron ser peores. Cuando la vi salir de su cuarto pensé que había recaído, yo todavía no sabía que había contestado una llamada de la familia de Emilio. Salió envuelta en llamas.

—¡Partida de hijueputas!

—¡¿Qué pasó, Rosario?!

—¡Los voy a matar! ¡Me los voy a tumbar a todos, maldita sea!

—Pero qué, ¿qué pasó?, ¿quién era?, ¿eran «ellos»?

—¡¿Ellos?¡ ¿Cuáles «ellos»? ¡Estos hijueputas son peores que «ellos»!

En medio de su diatriba pude descifrar de qué y de quiénes se trataba. Estaba como una loca, pasaba el tiempo y no se calmaba, al contrario, parecía ponerse peor; sentí miedo por su salud, por su estado, por su recuperación, pensé que perderíamos todo el trabajo que con tanta dificultad habíamos hecho. Traté inútilmente de tranquilizarla, pero yo la conocía, sabía que era cuestión de esperar, pero ella no paraba.

—¡Malparidos hijueputas!

—No les parés bolas, Rosario.

—¡¿Bolas?! ¿Sabés qué les dije? ¿Qué les contesté a esas gonorreas? Que cogieran su plata, sus buenos propósitos, su «sólo queremos ayudarte», su «es por el bien de todos», su «somos gente bien», sus apellidos, su reputación, que cogieran todo eso y que hicieran un rollito y se lo metieran por el culo, ¡ah!, y también les dije que si les quedaba espacio, también se metieran a Emilio.

—¡¿Vos les dijiste todo eso?!

—¡Todo eso y mucho más!

Solté una carcajada tan grande que Rosario no pudo evitar contagiarse y cuando la vi reírse me tranquilicé, el fuego comenzaba a apagarse, aunque estaba seguro, y no me equivoqué, de que la casa de Emilio comenzaba a arder, pero me seguí riendo al imaginarme sus caras y el revuelo que la irreverente lengua de Rosario estaría causando, o tal vez, y esto lo pensé después con algo de remordimiento, mi placer tendría que ver más con Emilio en los intestinos de su familia que con los improperios de mi Rosario.

Sin embargo, el incidente tuvo repercusiones en su comportamiento. Desde el día en que ella decidió abrir ventanas, hasta la llamada de la familia de Emilio, el estado anímico de Rosario era floreciente y por lo tanto el mío también. Nos dedicamos exclusivamente a nosotros mismos, todavía aislados del mundo pero saliendo a flote desde la oscuridad. Nunca antes, ni después, habíamos estado tan a gusto el uno con el otro, ni siquiera en esas horas de nuestra noche juntos, esa maldita noche que vendría después y que me hizo creer que por tener a Rosario desnuda debajo de mi cuerpo yo ya era feliz. No, ahora que miro hacia atrás no me cabe la menor duda de que mis mejores momentos con ella fueron cuando juntos buscamos la luz en ese túnel en el que Rosario no creía. No alcanzamos a llegar hasta el resplandor, pero el trayecto que logramos recorrer fue suficientemente luminoso para dejarme encandilado de por vida. Poco a poco Rosario había pasado de la ansiedad a la ternura, me sorprendió con nuevas facetas que aunque yo intuía nunca pensé que iba a conocer, y mucho menos a saborear. Si alguien la hubiera conocido en esos días, jamás hubiera imaginado su agresividad, su violencia, su pelea con la vida. Hasta yo llegué a ilusionarme con la idea de Rosario curada de su pasado. Usaba un tono más dulce al hablar que hacía juego con su mirada, con palabras tranquilas me contaba sus planes, lo que sería su nueva vida, lo que dejaría definitivamente, lo que borraría de su historia para empezar de nuevo.

—Ése va a ser mi último crimen, parcero —me decía—. Voy a matar todo lo de antes.

Había recuperado su belleza brusca y nuevamente la palidez le dio paso a su color mestizo. Había vuelto a sus encantos, a sus bluyines apretados, a sus camisetas ombligueras, a los hombros destapados, a su sonrisa con todos los dientes. Había vuelto a lo que era antes, pero distinta, más exquisita, más dispuesta para la vida, más deliciosa para quererla, pero ése era, precisamente, el único aspecto que no cambiaba, cómo no quererla si cada día la quería más, si con su nueva actitud se parecía más a lo que yo soñaba, a lo que siempre esperé de ella. Cómo quererla y no perderme, cómo dejar de ser su «parcero» y volverme exclusivo, imprescindible, parte, motivo, necesidad, alimento para Rosario. Cómo hacerle saber que mis abrazos tenían ganas de quedarse cerrados para siempre, que mis besos en su mejilla querían deslizarse hasta la boca, que mis palabras se quedaban a medias; cómo explicarle que ya la había tenido muchas noches y que la había paseado por mi existencia, imaginándomela en mi pasado y contando con ella para el resto de mi vida. Sin embargo, aun viéndola nueva, con planes y propósitos, aun sabiendo a Emilio culo arriba, a Ferney cada vez más lejos de sus intenciones y a los duros de los duros escondiéndose del gobierno, aun así el dilema seguía, y así todo cambiara, todo para mí seguía igual, como el primer día en que me desperté asustado, dizque enamorado de Rosario Tijeras.

Lo que al comienzo fue un encierro tormentoso, se convirtió en unas vacaciones que uno hubiera querido para siempre. Sin salir del apartamento, sentía que salía a pasear con Rosario de la mano, me sentía, al escuchar su voz con su nuevo tono, en medio de una pradera verde con brisa fresca, con los brazos abiertos y al igual que una cometa esperando viento. Quería que así siguiera la vida, sin intrusos, sin los inoportunos habitantes que vivían en Rosario. Llegué hasta perdonarme por desear perdido a mi mejor amigo, por descuidar a mi familia, por haber abandonado todo por una mujer, pensaba que valía la pena toda mi entrega, antes que traidor e ingrato me sentía redentor, que por obrar en nombre del amor se me perdonarían todos los daños. Después supe que el perdón había llegado por conmiseración, porque a quienes les fallé entendieron el error que yo no veía por ser parte de él, pero que no tardé mucho en ver, porque después de tantas noches boquiabierto escuchando a Rosario deleitarse con sus propias historias, con sus planes y sus sueños, después de muchos abrazos para comprometerme en sus buenos propósitos, después que la creía recuperada de sus males, después, una noche nos despertó el teléfono y yo contesté, precisamente yo para que no quedara ninguna duda de mi error, contesté y fui a su cuarto a despertarla.

—Es una mujer —dije todavía esperanzado en que fuera una equivocación—. No dijo quién era.

Rosario encendió su lámpara de noche y se quedó pensativa; yo creí que se estaba dando tiempo para despertarse, pero su entumecimiento tenía que ver exclusivamente con la llamada.

—Pasámela —dijo finalmente, y después, lo peor—: Cerrá la puerta.

Yo colgué mi extensión con ganas de no hacerlo, quería corroborar el motivo de mi zozobra, pero no me permití algo tan directo; me decidí por algo menos atrevido y me paré al lado de su puerta a escuchar, pero no fue mucho lo que capté, solamente una serie de «sí... sí... sí» que a medida que escuchaba me deslizaban hacia el piso, donde terminé, a ras con mi ánimo, después de tantos síes y después de un fulminante «deciles que ya voy para allá». La sentí prender luces, abrir cajones y puertas y hasta escuché la llave del baño. No recuerdo cuánto tiempo pasó antes que saliera en carrera con su bolso de viaje, con las llaves del carro en su mano, tan distraída y presurosa que no me vio echado a su puerta como un perro. No se despidió ni dejó nota, de todas maneras no me hicieron falta esos detalles, no necesitaba ninguna explicación, la vida había retomado su curso.

—Otra vez —me dije, sin poderme parar.

DOCE

Con la cola entre las patas, como el animal que me sentía, volví a mi casa. No tuve que decir nada, en mi cara se leía todo y la lectura debió de ser patética, porque en lugar de reproches recibí sonrisas entumecidas y palmaditas en la espalda, aunque nada de eso alivió la congoja que sentía. La sensación era la de haberme chocado a gran velocidad contra un muro, dejándome tan aturdido que no podía definir sentimientos, tampoco podía entender la situación que me había llevado a sufrir ese tremendo choque, trataba de poner las ideas en orden para hacer un diagnóstico de mi mal, pero no fui yo sino alguien de mi familia quien acertó cuando se decidieron a poner el tema sobre la mesa.

—Tu adicción no es a las drogas sino a la mierda —dijo ese alguien.

El que calla otorga, y yo tuve que callar. Me dolía reconocerlo pero era cierto. No tuve el coraje para preguntarles cómo se curaba uno de ese hábito, cuál era el tratamiento, dónde, quién me podría ayudar, y pensé que si no existía un lugar que ofreciera algún tipo de terapia, la humanidad estaba en mora de instaurarlo, porque de lo que sí estaba seguro es de que yo no era el único, somos millones de comemierdas que tenemos que curarnos en silencio o, como ha ocurrido tantas veces, morirnos de una sobredosis fecal.

«De algo tiene que servir tanta mierda —no obstante me consolé—. Por algo la utilizan como abono.»

Ahora, repasando mis más importantes momentos con Rosario, pienso que no me he recuperado de mi adicción. Aquí estoy otra vez, al igual que todas las ocasiones en que ella me necesitó, no tan arrastrado como antes pero siempre atento a su destino, como si fuera el mío propio, si es que acaso no lo es.

—Vos y yo somos como almas gemelas, parcero —me dijo un día en que andaba pensativa.

—Pero somos muy distintos, Rosario.

—Sí, pero es que es muy raro, fijate en Emilio por ejemplo.

—¿Cómo así? —le pregunté.

—Pues que él también es distinto, pero con él todo es muy diferente, ¿sí me entendés? —trató de explicar.

—No te entiendo nada, Rosario.

—Mejor dicho, es como si vos y yo fuéramos las dos caras de una misma moneda.

—Ajá.

—¡¿Cómo que «ajá»?! —dijo encendiéndose—. ¿No me entendiste o qué?

Claro que le había entendido, pero no estaba de acuerdo con su explicación, pero como siempre no me atreví a decirle que la cuestión no era de parecidos sino de cariño y que si percibía distinto a Emilio era porque así también serían sus sentimientos, porque uno termina pareciéndose a quien uno quiere. Tenía ganas de decirle algo así, pero ya mi «ajá» la había descompuesto, me dejó solo no sin antes restregarme lo que yo era.

—Te estás volviendo güevón, parcero —dijo—. Ya no se puede hablar con vos.

Muchas veces me dejó así, a punto de decir alguna estupidez con la que encubriría lo que realmente hubiera querido decir. Con la susodicha sonrisa tonta que usaba para disculpar una actitud y, de paso, dejar sentado que ella tenía razón.

«No me estoy volviendo», pensé. «Vos me volviste así, Rosario Tijeras».

Después de haber vuelto a donde ellos, pasaron unos días y regresó como siempre. Una llamada en la madrugada, las frases esquivas de la culpa, el tono conciliador, «parcero, parcerito», un saludo sin preguntas ni respuestas, para qué si ya todo se sabía, si nada iba a cambiar. Rosario volvía a acomodar las fichas desparramadas en el tablero que había volcado al salir.

—¿Y Emilio? —volvía a preguntar siempre al final.

Yo ya sabía lo que seguía. Dos o tres datos que yo le daba sobre él, más bien fríos, «por ahí anda, hace mucho que no hablo con él», sólo la información necesaria para no ser complaciente ni descortés, simplemente las palabras que ella requería para pedirme que le dijera a Emilio que la llamara.

—Decile a Emilio que me llame —dijo antes de colgar, como si fuera algo espontáneo, como si yo no supiera que ésa fue su única intención al llamar.

Y aunque volvimos a caer, esa vez Rosario tuvo que tener más paciencia para lograrlo. Yo la verdad había quedado herido de muerte, no por sus armas, sino, como siempre, por mis propias ilusiones, nunca antes me había imaginado tanto con ella, por eso caí duro de mis nubes, quería recuperarme del porrazo y su presencia en vez de ayudar a sanar, lesionaba. Le fui esquivo muchas veces, pero no tanto como mi herida lo requería, únicamente lo suficiente como para demorar mi sometimiento, para hacerle entender que algo pasaba, inútiles pataletas de enamorado para llamar la atención.

—¿Qué te pasa, parcero? Vos no eras así.

Su preocupación no iba más allá de ese comentario, pero yo qué más podía esperar si nunca le contesté la verdad, si mi imbecilidad iba al extremo de esperar el milagro que la hiciera adivinar. Me sentía cansado de todo, más de mí que de todo, pero el problema del amor es ése, la adicción, la cadena, el cansancio que produce la esclavitud de nadar contra la corriente.

Reconquistar a Emilio tampoco le quedó fácil. Su familia lo tenía asediado, bajo tratamiento médico y psiquiátrico, pretendían sacarle a Rosario así fuera a corrientazos.

—Imaginate la de mi papá —me contó por esos días—. Dizque si me volvía a ver con esa mujer me mandaba a estudiar a Praga.

—¿A Praga, Checoslovaquia?

—Imaginate.

Pues ni a Praga ni a ningún lado: Rosario volvió a ganar, primero a mí y después a él, como de costumbre. De nada sirvieron las amenazas y las terapias, y peor aún, de nada nos sirvieron a Emilio y a mí las experiencias vividas con Rosario que nos dejaron colgando de la cuerda floja. Yo me negaba a pasarle al teléfono, no contestaba para no comprometerme, claro que cuando alguien de la familia lo hacía ella colgaba, esperaba a que contestara la empleada, su única cómplice, pero yo en mi punto: «Decile que no estoy». «Que manda decir que ella sabe que sí estás.» «Pues decile que estoy enfermo.» «Que manda decir que ella sabe que no estás enfermo.» «¡Decile que me morí!» «Que manda decir que cuidado te morís porque ella no sabe vivir sin vos.» Y así todos los días, ablandándome de a poquitos, con más paciencia que yo, aguantando, porque eso fue lo primero que la vida le enseñó. Hasta que la resistencia cedió: «Decile que no estoy». «Manda decir que te espera en el cementerio.» «¡¿En el cementerio?! ¿Cómo así? Pasámela.»

—¡Aló! ¡Rosario! ¡¿Qué es lo que vas a hacer?!

—Parcero —me dijo—. Por fin.

—¿Qué es lo que pasa, Rosario? ¿Qué es lo que querés?

—Necesito que me acompañés al cementerio, parcerito.

—¿Cómo así, quién se murió?

—Mi hermano —dijo con voz triste.

—¿Cómo así? Si tu hermano se murió hace tiempo.

—Sí —me aclaró—. Pero es que tengo que ir a cambiarle el compact disc.

Me había suplicado que la acompañara, que era su aniversario y no era capaz de ir sola.

Los cementerios me producen una sensación parecida a la de las montañas rusas, un delicioso vértigo. Me asusta un sitio con tantos muertos, pero me tranquiliza saber que están bien enterrados. No sé dónde radica su encanto, tal vez en el alivio de saber que todavía no estamos con ellos, o tal vez todo lo contrario, en el afán de querer saber qué se siente estando ahí. El de San Pedro es particularmente hermoso, muy blanco y con mucho mármol, un cementerio tradicional donde los muertos duermen unos encima de otros, a diferencia de

157

los modernos que más bien parecen un sembrado de floreros cursis. También hay mausoleos donde descansan algunos ilustres agrupados por familias, vigilados por enormes estatuas de ángeles de la guarda y del silencio. Hacia uno, sin estatuas pero custodiado por dos muchachos, me llevó Rosario.

—Aquí es —dijo con solemnidad.

Los dos muchachos se pusieron firmes al verla, como dos guardias de honor.

—¿Y éstos quiénes son? —pregunté.

—Los que lo cuidan —me dijo.

—¿Cómo así?

—Aunque hemos limpiado mucho, todavía queda mucho faltón —me explicó—. Además los satánicos lo querían tanto que una vez intentaron robarse el cuerpecito. Pobres. ¿Qué más, muchachos, cómo les ha ido?

—¿Qué más, Rosario? —contestaron al tiempo—. ¿Bien o no?

Yo estaba tan absorto en lo que veía que pensé que la música que sonaba venía de afuera, pero cuando ella abrió su bolso y les entregó los CD me di cuenta de que la música salía de la misma tumba, una estridencia horrible que venía de un equipo de sonido protegido por una rejas y camuflado entre flores. Rosario intercambió unas palabras con ellos, después se alejaron un poco, lo suficiente como para darle la privacidad necesaria para rezar. Yo también me acerqué, no me arrodillé pero sí pude leer lo que decía en la lápida: «Aquí yace un bacán», y al lado del epitafio una foto de Johnefe, más bien borrosa y amarillenta. Me acerqué más a pesar del volumen del equipo.

—Es su última foto —me dijo Rosario.

—Parece muerto —dije.

—Estaba muerto —me dijo mientras le bajaba un poco el volumen al aparato—. Fue cuando lo sacamos a pasear. Después de que lo mataron nos fuimos de rumba con él, lo llevamos a los sitios que más le gustaban, le pusimos su música, nos emborrachamos, nos embalamos, hicimos todo lo que a él le gustaba.

Ya entendía la fotografía. En medio de la borrosidad pude distinguir algunas caras conocidas, Ferney, otro cuyo nombre no recuerdo y la misma Rosario. A Deisy no la vi. Tenían más cara de muertos que el mismo muerto, cargaban botellas de aguardiente, una grabadora gigante sobre los hombros y a Johnefe en el medio sostenido por los brazos.

—Pobrecito —dijo Rosario y después se echó la bendición.

Organizó un poco la mezcla extraña de rosas y claveles que adornaba la tumba, volvió a subir el volumen y con un gesto triste le lanzó un beso largo, con tanto amor que ya hubiera querido yo estar acostado ahí.

—Hasta luego, muchachos. Me lo cuidan, ¿sí?

Cuando los ángeles de la guarda levantaron sus brazos para despedirse, pude ver un par de pistolas debajo de sus ombligos y encartuchadas en sus bluyines. Agarré a Rosario de la mano y caminé rápido, quería salir de allí, estaba tan azorado que no pensé cuando ingenuamente le pregunté a Rosario:

—¿Vos sí creés que tu hermano pueda descansar en paz con esa música tan duro?

Vi su mirada brava a través de sus gafas para el sol. Ya era muy tarde para explicarle que era una broma. Sin embargo, su reacción no fue tan violenta como esperé, no podía darse ese lujo después de haberme buscado tanto. Eso me hizo sentir bien.

—Vos sí que hablás güevonadas, parcero —dijo soltándome la mano, avinagrándome el sorbo de triunfo que acababa de probar.

Esa visita fue el pretexto para volver, para estar juntos la última vez, porque lo que comenzó a partir de entonces fue una larga despedida, el rompimiento de un vínculo con el que ya me había hecho a la idea de vivir siempre. El caso es que ahí estaba otra vez la pareja de tres.

—Ahora nos toca a lo sano —nos dijo Emilio—. Bien juiciosos.

—Por mí no hay problema —dije yo.

—Por mí, tampoco —dijo Rosario, pero no muy convincente.

Fueron promesas que ayudaron a justificar el regreso, los buenos propósitos con los que siempre se engaña el que recae.

Emilio había aparecido a los pocos días. No supe cómo había sido el reencuentro pero me supongo que igual a los anteriores. Él sí quiso saber cómo había sido el mío, entonces le conté lo del cementerio.

—¡¿Y viste el apellido?! —me dijo agarrándome por los hombros.

—¿Cuál apellido? —pregunté totalmente despistado.

—Pues el de Johnefe, el de Rosario.

—Yo no me fijé en ningún apellido.

—Vos sí sos *bien* güevón —dijo ahora agarrándose la cabeza—. Ésa era la oportunidad para saber el apellido de Rosario.

—¿Y para qué querés saber el apellido? —dije—. Estás igual a tu mamá.

—No es eso —aclaró—. Es que no saber cómo se llama la novia de uno es como raro, ¿o no?

—Rosario Tijeras.

—¡Ay, hermano! —se dio por vencido—. Por qué más bien no me acompañás allá y yo miro.

—Porque yo allá no vuelvo —dije seriamente—. El que se acerque allá, lo tuestan.

Le propuse a Emilio que le esculcara la cartera a Rosario si insistía en saber cuál era su apellido, que se fijara en la cédula o en cualquier otro documento.

—¿Y vos creés que ya no se me había ocurrido eso? —me dijo—. ¿Sí te has fijado que no suelta el bolso ni para bañarse?

—Debe ser por la pistola —dije.

—Quién sabe qué más cosas tendrá ahí. Tal vez cuando esté dormida...

—Menos todavía. Con lo fácil que se despierta...

—¿Y vos cómo sabés que se despierta fácil? —me preguntó Emilio cambiando el tono.

«Porque no dejé de mirarla mientras dormía —pensé—, y vi que sus ojos se movían aun estando cerrados. Porque apenas le pasé mi mano sobre su piel desnuda los abrió de pronto para recordarme que ya no quería más, que lo que nos había pasado fue sólo por una noche, un juego de amigos, un desliz de borrachos.»

—Pues con lo desconfiada que es... —dije, huyéndole a la memoria, volviendo a lo de Emilio.

Ahora recuerdo que unos días después nos dio la oportunidad. Había bajado a recoger algo a la portería y dejó su cartera a nuestro alcance. Mientras Emilio hacía la requisa, yo vigilaba en la puerta, atento al ascensor.

—¿Quiubo? —pregunté desde mi sitio—. ¿Qué hay?

—Puras güevonadas —contestó Emilio—. La pistola, un labial, un espejito...

—¡En la billetera, güevón! Buscá en la billetera.

—Tampoco hay nada —dijo—. Una estampa de María Auxiliadora, otra del Divino Niño, una foto de Johnefe, ¡hijueputa!

—¡Qué pasó!

—¡Una foto de Ferney, güevón!

—¿Y qué pasa?

—¿Cómo que «y qué pasa»? —contestó—. Que tiene foto de él y no tiene foto mía. Ahora sí me va a oír.

Cerré la puerta del apartamento y abandoné mi puesto de vigía. Le quité la cartera a Emilio y le pedí que me mirara a la cara.

—Mirá, Emilio: vos que abrís la boca, vos que le decís algo, y los muertos somos nosotros dos, ¿entendiste?

—Pero ¡¿cómo es que todavía tiene foto de ese tipo?!

—¡¿Entendiste?! —volví a preguntarle enfáticamente.

La cosa quedó ahí. Emilio se tuvo que quedar con la rabia y con la intriga. Definitivamente Rosario sabía cuidar su misterio, era imposible saber más de lo que ella misma contaba. Y ahora que caigo en cuenta, no se me había ocurrido pensar dónde estaría su bolso, quién se habría quedado con él en toda esa confusión de la discoteca. A lo mejor allí mismo se lo guardaron o los que estaban con ella lo cogerían... pero si todos huyeron, a lo mejor se lo robaron, ¿cargaría todavía la pistola?, a lo mejor ellos lo cogieron para desarmarla, habrá que averiguar después qué fue lo que pasó.

Ahora había más movimiento en el pasillo, miré por si ubicaba algún rostro conocido, tal vez el médico que la estaba operando, tal vez Emilio, pero sólo me era familiar la enfermera de turno que ya por fin había despertado. El viejo seguía dormitando y el reloj seguía en las cuatro y media. Miré por la ventana y ya había sol. Tal vez hoy no lloviera, pero definitivamente en uno de estos días tendría que ir a comprarme un reloj.

TRECE

Un poco antes de que mataran a Ferney lo vimos mero-
deando por el apartamento de Rosario, pero sin atrever-
se a entrar. Parqueaba su moto como a dos cuadras y
después se camuflaba en unos arbustos más cerca del
edificio, pero con todo y eso lo vimos. La primera vez
pensamos que apenas viera salir a Emilio él entraría, pero no fue así; durante los días que siguieron se ubicó en
el mismo sitio y Rosario nos contó que se quedaba ahí
hasta altas horas de la noche.

—¿Y por qué no bajás a ver qué quiere? —le suge-
rimos.

—¿Y por qué? —dijo ella—. Si me necesita que suba.

—Eso está muy raro —dijo Emilio.

Después decidió salir de los arbustos y se sentó en la
acera del frente. No supimos si se mostró al verse descu-
bierto o era parte de alguna estrategia, el caso es que llegaba muy de mañana, antes que Rosario se despertara
—que de todas maneras no era muy temprano que di-
gamos—, y se quedaba hasta que ella apagara la luz de
su cuarto. Se la pasaba el día entero mirando hacia su
ventana, igual a como lo hacía en la discoteca viendo
bailar a Emilio y Rosario, cuando ya definitivamente la
había perdido.

—¿Y a ése qué le pasa? —preguntaba Emilio inquieto—. ¿Se volvió a enamorar o qué?

Más iluso Emilio, pensé. Como si uno pudiera sacarse a Rosario del corazón y después volver a metérsela. Una vez que uno empezaba a quererla ya la quería para siempre, o si no ¿por qué otra razón estoy aquí en este hospital? De lo que yo sí estaba seguro era de que sólo por amor Ferney hacía lo que hacía, porque no existe otra razón para quedarse al sol y al agua debajo de una ventana.

—No me gusta. No me gusta lo que está haciendo ese tipo —insistía Emilio.

—Pero si no está haciendo nada —dije en su defensa, movido por una complicidad explicable.

—Precisamente —dijo Emilio—. Eso es lo que no me gusta.

La que no se aguantó fue Rosario, ya estaba cansada de sentirse vigilada, ya se sentía culpable por la situación de Ferney; intrigada, no entendía por qué no subía si muchas veces lo había invitado con su mano desde la ventana, por qué le rechazaba la comida que le mandaba con el portero, por qué si ya una vez que estaba sola le había gritado desde arriba: «¡Subí, Ferney, no seás güevón!». Pero él seguía impávido, como si fuera sordo y ciego y el hambre no lo tentara.

—Voy a bajar —dijo ella al fin.

Emilio se desencajó, empezó a manotear antes que le pudiera salir alguna palabra, y cuando le salieron más le hubiera valido no haber dicho nada.

—¡A él sí, claro, pero cuando yo estaba jodido por culpa tuya, ni me llamabas, ni me visitabas, ni preguntabas por mí, pero claro, a él sí!

—Mirá, Emilio —le dijo ella con una llave tan cerca de su cara que pensé que estaba decidida a cortársela—. Mirá Emilio: a vos nadie te jodió, vos naciste así y si me vas a hacer escenitas te largás.

—¡Listo! —dijo él—. Si lo que querés es quedarte con ese casposo, listo, yo me largo, pero lo que es a mí no me volvés a ver ni en las curvas.

Antes que Emilio hubiera terminado con sus amenazas, ya el ascensor se había cerrado con Rosario adentro. Él optó por las escaleras y yo corrí hacia la ventana para no perderme el desenlace. Primero salió ella y la vi cruzar la calle, disminuyendo su paso a medida que se acercaba a Ferney. Después salió Emilio, se montó en su carro, cerró de un portazo y arrancó en pique. Yo abrí la ventana para escuchar pero me pareció que no hablaron, o si se dijeron algo fue en susurros, o mirándose, como se hablan los que se quieren. La vi sentarse junto a él, hombro con hombro, lo vi recostar la cabeza sobre el regazo de ella, como si llorara, y la vi a ella cubrirlo con su cuerpo, como protegiendo a un animal pequeño de la intemperie, los vi quedarse así mucho tiempo; entonces pensé en lo difícil que era la vida y en la fila india de los enamorados y en el último de esa fila, el que nadie quiere, y me pregunté si sería Ferney o sería yo. Después vi que lo tomó de la mano, lo ayudó a levantarse y sin soltarlo lo condujo hasta el edificio, los perdí de vista hasta que los vi entrar al apartamento y seguir a la cocina, escuché ruido de platos y cubiertos y un silencio incómodo que me hizo recordar que donde hay tres sobra uno.

—Cómo es la vida, parcero —también recordé lo que una vez me había dicho Rosario—. El día en que Ferney coronó su mejor trabajo, ese día me perdió.

—Fue por ellos, ¿no cierto?

—Ajá —dijo—. Ese día los conocí.

—Todavía no me has contado cómo los conociste —le reclamé.

—Claro que te conté.

Fue cuando Johnefe y Ferney viajaron juntos a Bogotá para hacerle un trabajo a La Oficina. A ellas las habían llevado a una finca mientras los muchachos hacían el encargo y allí quedaron en encontrarse después. La finca era de ellos.

—Allá aparecieron como a la medianoche —me contó Rosario—. Johnefe y Ferney ya habían llegado. Estábamos muy enrumbados y parecía que ellos también querían celebrar. Llegaron muy contentos, con música, pólvora, vicio, más mujeres, en fin, vos sabés. De todas maneras muy queridos y muy simpáticos, especialmente conmigo.

Pude imaginármelos, pude verlos dando vueltas como gallinazos sobre la mortecina, y no es que Rosario fuera eso, pero sentí rabia al saberlos mirándola con ganas, con la lujuria que se refleja en sus enormes barrigas, en sus risitas malévolas, y no me equivoqué, porque ella misma me contó lo que alcanzó a oír.

—¿Y esa muchacha tan bonita quién es? —había dicho el más duro de todos—. Tráiganme para acá a ese bizcochito.

Y como el «bizcochito» sabía de quién se trataba, ni corta ni perezosa se dejó llevar, y seguramente cambió el caminado como cuando quiere mostrarse, y seguramente lo miró como cuando quiere algo, y le sonrió, seguramente, como me sonrió a mí esa noche en que quiso algo.

—¿Y Erley? —le pregunté—. ¿Qué cara puso?

—Ferney —corrigió—. No le vi la cara.

«No fuiste capaz de mirarlo, Rosario Tijeras»; no se lo dije pero sé que fue así, porque a nosotros tampoco nos miraba cuando se iba con ellos y porque a mí no pudo mirarme cuando se vio desnuda conmigo al lado, sin siquiera una sábana que nos cubriera.

—¿Y Johnefe? —volví a preguntar.

—Que la niña decida —me dijo Rosario que lo había oído decir.

Todavía no la conocía pero sé que ese día la perdimos todos. Y hasta ella misma perdió lo que antes era y todo lo que había sido quedó convertido solamente en el sumario de su conciencia. A partir de ese momento su vida dio el vuelco que la sacó de sus privaciones y la lanzó junto a nosotros, a este lado del mundo, donde aparte de la plata no existen muchas diferencias con el que ella dejaba.

—A partir de ese momento me cambió la vida, parcero.

—¿Para bien o para mal? —le pregunté todavía con rabia.

—Salí de pobre —me dijo—. Y eso ya es mucho cuento.

Después que Rosario subió a Ferney al apartamento, éste se quedó ahí por lo menos una semana más. Yo me alejé un poco, no tanto como Emilio, que se perdió del todo, pero al menos mantuve nuestro diario contacto telefónico y una que otra visita. No le pregunté nada, ni qué estaba pasando con Ferney, ni por qué se había quedado con ella, no quise saber nada, ni siquiera suponer qué estaría pasando entre ellos, si estarían durmiendo juntos, si ella habría decidido volver con él; nada, tampoco le reclamé, con qué derecho, si una sola noche juntos no me dio derecho a nada. Lo que sí resultó cierto fue el presentimiento que tuve de que Ferney estaba quemando sus últimos cartuchos en esta vida, pero también confirmé que aquí nadie tiene nada asegurado, y lo digo porque en una de las visitas que le hice por esos días la salvé de una tragedia, o de un susto, porque la mayoría de las veces sólo basta un segundo para que el destino decida si es lo uno o lo otro. El caso es que Rosario tenía como costumbre, aprendida de los suyos, hervir las balas en agua bendita antes de darles un uso premeditado. Esa vez había olvidado bajarlas del fogón, y el agua, por supuesto, ya se había evaporado. Las encontré bailando dentro de una olla y no sé cómo ni con qué valor me apresuré a retirarlas y a ponerlas bajo el chorro de agua fría. Fueron un par de segundos en los que alcancé a pensar en todo, en Rosario entrando a la cocina y las balas alcanzándola en una loca explosión, en mí mismo con la olla hirviendo y de pronto un ¡pum! antes de llegar al agua, en Rosario y en mí baleados desde una estufa, tendidos sin vida en el piso de la cocina. Llegué a donde ella con las manos ampolladas y pálido como si la explosión hubiera sido un hecho.

—¡Rosario, mirá! —le dije con la voz apretada.

—¿Qué te pasó?

—Las balas.

—¿Cuáles balas? —preguntó, pero enseguida los proyectiles le volvieron a la memoria—. ¡Hijueputa, las balas! —Y en una carrera salió para la cocina sin preguntarme qué había pasado con ellas. Seguramente se tranquilizó al verlas sumergidas en agua hasta el borde

de la olla. Cuando regresó me encontró echado en su cama, con las manos abiertas y hacia arriba, como si estuviera esperando a que alguien me lanzara un balón del
cielo.

—No sé dónde tengo la cabeza —dijo, sin ponerle
atención a mis manos.

—¿En qué estás metida, Rosario? —le pregunté.

—En nada, parcero. Esas balas no son para mí
—dijo—. Yo te prometí que iba a cambiar.

Después hubo un silencio y nos miramos directa-
mente a los ojos, yo para buscar la verdad en ellos y ella
para mostrármela. Sin embargo, a pesar de su mirada
limpia, yo seguía sin entender la presencia de esas balas
en su cocina. Finalmente, Rosario no aguantó el peso de
mis ojos.

—Son para Ferney.

Cambió su gesto. Me pareció que iba a llorar. Buscó
con la mano dónde sentarse hasta que encontró la esquina de la cama. La oí tomar aire, se agarró una mano con
la otra, como aferrándose a una mano ajena, sólo para
decirme lo que nunca decía.

—Tengo miedo, parcero.

Yo me apoyé en los codos para incorporarme, todavía
sentía mis manos como dos brasas, todavía estiradas, pero
no lo suficiente como para sacar a Rosario de su miedo.

—¿Qué es lo que pasa, Rosario?

Vi sus dedos juguetear con el escapulario de su muñeca, la vi mirar hacia otro lado para darse tiempo para
hablar, cogiendo fuerzas para que su voz no se quebra-
ra, esperando a que el corazón bajara su ritmo.

—Tengo miedo de que maten a Ferney, parcero. Lo
encochinaron y me lo quieren matar.

No pude decirle nada. Me quedé callado buscando una frase rápida para ayudarla en su temor. No encontré palabras para desafiar la inminencia, nada que alimentara la esperanza, ni siquiera una mentira.

—Ferney es lo único mío que me queda.

«Tal vez lo único que te queda de tu pasado, Rosario, porque si quisieras, yo te quedaría para siempre y no necesitarías nada más», me dije en silencio, dolido por su exclusión. Pero tengo que admitir que busqué reconfortarme con mi egoísmo y mis celos, porque me era imposible evitar sentir algún alivio al imaginármela sola, desprotegida, sin ninguno de los que pretendieron apropiársela. Sola, únicamente conmigo como isla.

—¿Por qué estás así? —me preguntó de pronto, cambiando el tema.

—¿Cómo que así?

—Con las manos así —explicó imitándome—, como si te fueran a tirar un balón.

—Me quemé las manos. Con la olla.

Una carcajada le borró su tragedia, le devolvió la belleza y el brillo en los ojos.

—A ver, yo veo —me dijo y se acercó. Me tomó las manos con una suavidad que no parecía suya. Me las acercó a su boca y las sopló, me las refrescó con un aire frío que me hizo pensar que era cierto que Rosario tenía un hielo por dentro, un hielo que ni su pasión ni su voltaje derretían y que mantenía su sangre helada para que nunca le flaqueara la voluntad de hacer lo que hacía.

—Vos sí sos güevón, parcero —dijo y me dio un beso en el dorso de las manos—. Por eso es que te quiero.

«Por güevón.» No sabía si ponerme a reír o a llorar. «Maldita», la insulté en mi pensamiento, pero ella en cambio siguió con mis manos entre las suyas, soplándolas sin mirarme, regocijándose con una risita burlona que me hizo sentir más güevón de lo que ella me había dicho. Pero después, cuando cerró los ojos y puso mis dedos en su mejilla y comenzó a acariciarse con ellos, a mimarse con esa suavidad que seguía pareciéndome ajena, pensé que valía la pena seguir sintiéndome así.

CATORCE

De todas maneras lo mataron. No supe cuándo se fue del apartamento de Rosario, ni en qué estaba metido. No habíamos vuelto a hablar de él. Nuestras vidas parecían haber retomado su curso normal y pasamos un par de semanas más bien tranquilos. Emilio había regresado a pedir cacao y se lo dieron, a mí sin pedirla me sirvieron la mierdita diaria y me la comí, y a Rosario la veíamos pensativa mientras Emilio pasaba bueno y yo maluco. Una mañana en que habíamos amanecido en su apartamento, llegó el periódico con la foto de Ferney en las páginas judiciales. Yo lo vi primero, Rosario y Emilio todavía no se habían levantado. Leí la noticia que acompañaba a la foto, se referían a él como un peligrosísimo delincuente que había sido dado de baja en un operativo de la policía; volví a mirar la foto para confirmar lo leído, era él, con nombre y apellido y con un número en su pecho para que no quedaran dudas de que era peligroso y tenía antecedentes. Corrí hacia el cuarto de ellos pero la sensatez me detuvo, tenía que pensar en Rosario, cómo darle la noticia, cuál sería su reacción. Primero tendría que hablar con Emilio, planear algo entre los dos, pero él seguía durmiendo, pegué mi oreja a la puerta por si escuchaba algún indicio de que ya estaban despiertos, pero nada, y el tiempo pasaba y nada, ellos sin despertar. Cuando no me aguanté más fui y les toqué la puerta, Emilio contestó con una palabra a medio decir.

—Emilio —dije desde afuera—: te necesitan al teléfono.

Apenas hablé corrí hasta la sala y levanté la extensión, justo a tiempo de que Emilio colgara al no haber nadie en la línea, lo cogí en su último «aló».

—¡Emilio! —le dije ensordeciendo mi voz—. Salí que necesito que hablemos.

—¿Y dónde estás? —dijo casi dormido.

—¡Aquí, güevón! —El tono del teléfono no me dejaba hablar—. Pero no digás que soy yo.

—¿Y por qué no entraste? —volvió a preguntar.

—No puedo, marica. Salí que necesito hablar con vos.

—Dejame dormir.

—¡Emilio! —el tono comenzó a sonar ocupado, enloquecedor para mi desesperación—. ¡Emilio! Mataron a Ferney.

En un par de segundos, como si la conversación no se hubiera interrumpido, Emilio apareció en la sala, despelucado y con los ojos muy abiertos a pesar de la hinchazón.

—¡¿Que qué?!

—Mirá.

Emilio cogió el periódico antes que yo pudiera poner el dedo sobre la foto. Se fue sentando en cámara lenta mientras leía, se estregaba los ojos para quitarse la borrosidad que deja el sueño, y cuando terminó me miró con estupefacción.

—Andá, vestite que la cosa es grave —le dije.

—¿Y quién le va a contar?

Esa pregunta ya me la había hecho yo. Para nosotros lo grave no era la muerte de Ferney sino la reacción de Rosario. La conocíamos bien, sabíamos que una muerte de ésas desencadenaría muchas más y que no era raro que ahora nos incluyera a nosotros dos.

—Pues vos —le dije—. Vos sos el novio.

—¡¿Yo?! A mí es capaz de caparme. No ves que yo a ese tipo no lo quería. Contale vos que a vos te tiene más confianza.

Otra vez el mismo cuento. «A vos te tiene más confianza», como si esa confianza me hubiera servido para algo, todo lo contrario, me estorbaba, me ponía en el lugar de las amigas; además, este imbécil me la ponía y me la quitaba cuando le convenía. ¡A la mierda con ese cuento!

—¡Claro! —le dije iracundo—. ¡Para comértela sí le tenés confianza, pero para enfrentártele, no!

—¡Pero ¿vos sos güevón o qué?! —Ahora él comenzaba a calentarse—. ¡No ves que ella es capaz de pensar que yo lo mandé matar, ¿no ves?!

—¡Claro! Si es que se me había olvidado que aquí el güevón era yo. ¡Yo soy el que me tengo que quedar callado, el que traga entero, el que se tiene que contentar con ver, al único que le dan confianza pero para que coma mierda!

—¿Cómo así? —preguntó Emilio—. ¿Qué es lo que estás diciendo?

Me quedé sin saber qué contestar, esperando a que si la rabia ya me había metido en esto, ahora me ayudara a salir. Pero para bien o para mal, en ese instante no lo supe, tuvimos que quedarnos mudos los dos y ante la sorpresa, olvidarnos de los gritos.

—¿Qué es lo que está pasando, muchachos? —preguntó Rosario, mirándonos al uno y al otro.

—¡Rosario! —dijimos en coro.

Del calor pasamos al frío y de la agitación a la rigidez. Nos miramos buscando una respuesta, una señal, una luz, un milagro, cualquier cosa que nos zafara del repentino nudo que se había armado. Pero nada ocurrió, salvo un incómodo silencio que Rosario volvió a romper con su pregunta.

—¿Qué es lo que pasa, muchachos?

Con mis ojos le hice una seña a Emilio para que le mostrara el periódico. Como se había arrugado bastante durante nuestra discusión, Emilio trató de alisarlo un poco con sus manos y después, sin decirle nada, se lo entregó. Ella lo tomó sin entender muy bien de qué se trataba, aunque yo pienso que algo intuyó, porque antes de fijarse en él, se sentó, se acomodó el pelo detrás de la oreja y carraspeó. Emilio y yo también nos sentamos, era mejor estar apoyados en algo para aguantar lo que vendría, pero lo que vino no fue la detonación que esperábamos sino la reacción que cualquiera hubiera tenido ante tal noticia. Bajó la cara, se la cubrió con las manos y comenzó a llorar, primero bajito, controlando su llanto, pero después fuerte, con gritos ahogados, vencida por la noticia. Emilio y yo seguíamos mirándonos, hubiéramos querido abrazarla, ofrecerle nuestro hombro, pero sabíamos lo susceptible que era Rosario frente a cualquier demostración inoportuna.

—Yo sabía —dijo con palabras cortadas—. Yo sabía.

Pero por más que uno lo sepa nunca se acostumbra. Todos sabemos que nos vamos a morir y sin embargo… Todavía más singular en el caso de Rosario en que la muerte ha sido su pan de cada día, su noticia más persistente, y hasta su razón de vivir. Varias veces la escuchamos decir: «No importa cuánto se vive, sino cómo se vive», y sabíamos que ese «cómo» era jugándose la vida a diario a cambio de unos pesos para el televisor, para la nevera de la cucha, para echarle el segundo piso a la casa. Pero al verla así entendí lo democrática que era la muerte cuando se ponía a repartir dolor.

Sin levantar la cabeza Rosario estiró su mano que quedó exactamente entre Emilio y yo, ni más cerca de él ni más cerca de mí, justo en el medio, pero fue Emilio quien hizo uso de su derecho de novio y se la tomó; sin embargo, ella necesitó más que eso.

—Vos también, parcero —me dijo, y sentí que era imposible quererla más.

Nos apretó duro. Tenía su mano mojada de lágrimas, fría como su aire y temblorosa a pesar del apretón. Con la otra se limpiaba los ojos, que no paraban de llorar, se corría el pelo que caía sobre su cara, se tocaba el corazón que se le quería salir, y con esa mano también recogió el periódico que había caído y lo acercó a su boca, para besar con un beso largo la foto de Ferney. Después apareció la que estaba oculta, la que el impacto no había dejado salir, la verdadera Rosario.

—Los voy a matar —dijo. Emilio y yo dejamos de apretar. Me invadió un malestar que me dejó inerte sobre mi silla, con una sensación de derrota de la que sólo me sacó Emilio con su pregunta.

—¿A nosotros? —preguntó.

Rosario y yo lo miramos, ahora sí con ganas de matarlo, pero al ver su pinta de galán desfigurada por el miedo sentí en cambio ganas de reír, no lo hice porque la situación no aguantaba revolverle más sentimientos, aunque Rosario no evitó decir lo que Emilio se merecía.

—Güevón —le dijo, y después volvió a meter la cara entre sus manos, volvió a llorar y a repetir «los voy a matar», y aunque no se le entendía porque su voz se le apagaba apenas salía de sus labios, uno sí podía entender que Rosario los quería matar.

Nos pidió que la dejáramos sola, que quería descansar, que necesitaba pensar, poner sus sentimientos en orden. Las excusas que uno siempre dice cuando lo estorban los demás. Era comprensible que no quisiera tenernos a su lado, pero también era peligroso, sabíamos lo que había hecho antes en situaciones similares. Sin embargo nos fuimos, no le dijimos nada, no había nada que decir cuando a Rosario se le metía algo en la cabeza. Esa noche, antes de acostarme, la llamé con el pretexto de preguntarle cómo seguía, pero en realidad lo que quería comprobar era si Rosario ya había comenzado a ejecutar su plan vengativo. Efectivamente no estaba, me contestó su máquina de mensajes y le dejé uno pidiéndole que me llamara con urgencia porque tenía algo importante que decirle, cuando la verdad lo único que yo tenía era miedo por ella, por eso se me ocurrió interesarla con una información que no existía. Esa noche no me llamó, ni la mañana siguiente cuando le dejé otro mensaje, ni el día siguiente ni los que siguieron, solamente cuando fui a su edificio a preguntar por ella, con la esperanza de que estuviera ahí y que simplemente no estaba contestando el teléfono, solamente en ese instante, cuando el portero me informó que Rosario había salido ese día poco después que nosotros lo hicimos, sentí el corrientazo que verifica los presentimientos.

—Me pidió que le echara ojito al apartamento porque se iba a demorar —remató el portero.

Me fui directo a la casa de Emilio, el único con quien podría compartir, aunque fuera a medias, mi incertidumbre. Pero en lugar de encontrar apoyo, me gané un sartal de injurias para Rosario que él no pudo esperar a decirle y que en cambio me vació a mí.

—¡Yo no entiendo esa puta manía de perderse sin avisar! ¡Qué trabajo le da coger un puto teléfono y decirme que se va a largar!

—Yo no… —intenté decir.

—¡Claro! ¡Si vos le alcahueteás todo! Apuesto que a vos sí te llamó y hasta se despidió. ¡Como yo no he podido entender ese cuentico que hay entre ustedes!

—Yo no… —volví a intentar.

—¡Pero frescos! Cuando te llame decile que ahora sí va a saber quién soy yo, y decile también que yo le mando decir que se puede ir yendo para la puta mierda.

No me dio tiempo de nada, ni de callarle la boca con un puño, que era lo que se merecía; me dejó parado en la puerta de su casa con toda mi angustia intacta, sin saber qué hacer ni para dónde coger, totalmente despistado, con ganas de saber al menos qué horas serían.

—Qué raro —dijo el viejo enfrente de mí—. Ya es de día y ese reloj sigue marcando las cuatro y media.

Su voz me hizo abrir los ojos y volver. Tenía razón, ya era de día, muy de día, algo tendría que haber sucedido ya, ha pasado mucho tiempo y algo tendría que saberse, el problema era que ahora no había nadie a quien

185

preguntar, la enfermera había desaparecido y aunque los pasillos y la sala comenzaban a llenarse de gente, no encontré quien pudiera informarme sobre Rosario; era extraño, no había nadie de uniforme, aunque no se me hace raro que en estos hospitales los médicos se le escondan a la gente.

Cuando me iba a parar, el viejo se adelantó y me detuvo:

—No se preocupe, voy a averiguar por los muchachos.

A lo mejor sabe lo importante que es este ejercicio de recordar. Sentí que me pedía que volviera a cerrar los ojos y regresara a donde había dejado a Rosario cuando él me interrumpió. Pero ya lo he olvidado. Fueron tantos nuestros ires y venires que es difícil precisar los recuerdos. Ahora sólo quiero verla de nuevo, volver a mirarme en esos ojos intensos que hacía tres años había dejado de ver. Quiero apretarle su mano para que sepa que yo estoy ahí y que ahí siempre voy a estar. Si volviera a cerrar mis ojos no sería para recordar sino para soñar con los días que vendrían junto a Rosario, para imaginármela viviendo esta nueva oportunidad que le daba la vida, para imaginarme a mí viviéndola con ella, entregados a culminar lo que no hubo tiempo de terminar en una sola noche, esa sola noche que amerita cerrar siempre los ojos para recordarla con la misma intensidad.

—No me has contestado, Rosario —creo que así empezó todo.

Estaba dulce, tierna, no sabía si era por el alcohol o porque así era ella cuando quería enamorar. O porque así la veía yo cuando la quería más. Estábamos muy cerca, más que siempre, no supe si también era por el alcohol, o porque yo creía que ella me estaba queriendo más, o si era porque yo la quería enamorar.

—Contestame, Rosario —insistí—. ¿Alguna vez te has enamorado?

Aunque su sonrisa podría ser su más bella respuesta, yo quería saber más, quizás buscaba en sus palabras el milagro que tanto esperaba, mi nombre escogido entre los tantos que tuvo y que en ese instante tenía, pero elegido entre todos como un reconocimiento al más grande amor que le hubieran profesado, o si por obvias razones mi nombre no se encontraba ahí, por lo menos saber quién pudo haberle despertado ese sentimiento que a mí me mataba pero que en ella no parecía existir.

Esa vez tampoco me respondió como yo quería, no con mi nombre ni con ningún otro. Su respuesta fue en cambio una pregunta asesina, como todo lo suyo, que si no me mató sí me dejó mal herido, y no por la pregunta en sí, sino porque estaba borracho y fui sincero y saqué valor para responderle, para mirarla a los ojos cuando me preguntó:

—Y vos, parcero, ¿alguna vez te has enamorado?

QUINCE

La última vez que volvió con nosotros tardó más en regresar. Fueron casi cuatro meses en los que nos cansamos de llamarla y averiguar por ella. Ese tiempo fue tan largo para mí que hasta llegué a pensar que Rosario se había ido para siempre, que tal vez ellos se la habían llevado para otro país y que definitivamente ya no la veríamos más. Durante ese tiempo hablé muy poco con Emilio, él me había llamado a los pocos días de la vaciada que me pegó, no sólo para suavizar su trato sino también para averiguarme por ella. Llegué al punto de buscar a diario su foto en el periódico, en las mismas páginas donde había salido la de Ferney, pero lo único que encontraba eran las reseñas de los cientos de muchachos que amanecían muertos en Medellín.

Después opté por tomar esa ausencia de Rosario como una buena oportunidad para sacármela por fin de la cabeza. Con tristeza tomé la decisión y a pesar de no olvidarla sentí que la vida comenzaba a saber mejor, claro que no faltaron los recuerdos, las canciones, los lugares que me la hicieron sentir otra vez de vuelta para complicar mi vida. Pensé que separarme también de Emilio iba a ser útil para mis propósitos, aunque a juzgar por su alejamiento sospeché que él debería tener las mismas ideas en su cabeza. Pero como toda historia tiene un sin embargo, el mío fue que las buenas intenciones no me duraron mucho, solamente hasta esa noche, al igual que las anteriores, en que al amanecer me llamó Rosario.

Con su habitual «parcero» me sacó del sueño y me hizo helar por dentro. Le pregunté dónde estaba y me contestó que había regresado a su apartamento, que no hacía mucho había llegado y que lo primero que hizo fue llamarme.

—Perdoname la hora —dijo, y yo encendí la luz para mirar esa hora en mi despertador.

Le pregunté dónde había estado todo este tiempo y me dijo que por ahí, la respuesta era la misma de siempre. «Por ahí acabando con medio mundo», pensé durante el largo silencio que siguió después.

—¿Y qué más? —preguntó por preguntar, por sacar algún tema y para echarle una carnada a mis pocas ganas de hablar. No me sentía contento de que hubiera vuelto a aparecer, ni de que me hubiera llamado, más bien todo lo contrario, pereza, cansancio de quererla otra vez.

—Está muy tarde, Rosario —le dije—. Mejor hablamos mañana.

—Tengo que decirte cosas muy importantes, parcero. A vos y a Emilio, ¿has vuelto a hablar con él?

Ya había cumplido con la razón de su llamada, que a la larga siempre era preguntar por Emilio. Ya nos estábamos aprendiendo la historia de memoria, la rutina que utilizábamos para engañarnos los tres. Algo así como lo que busca todo el mundo para pensar que todo va a cambiar por el simple hecho de que hoy no es ayer, que el tonto dejará de serlo, que la ingrata nos va a querer, que el mezquino se ablandará, o que los humanos nos aliviaremos de la imbecilidad sólo porque el tiempo pasa y que todo se cura sin dejar cicatriz.

—¿Me estás oyendo, parcero?

—No, no he vuelto a saber nada de él —le dije—. Casi no hablamos.

—Necesito que vengan —insistió—. Tengo que decirles algo que les va a interesar.

—Pues llamalo a ver qué pasa —le dije con unas ganas inmensas de colgar—. Después me contás.

En eso quedamos. Aunque su intención era que yo le acondicionara el terreno para acercársele a Emilio, aquella vez dejé que fuera ella la que se aguantara la vaciada, si es que él era capaz de echársela. Esa noche me quedé despierto, no por la inquietud que me dejaron sus palabras, sino por el malestar que se siente al saber que nada cambia.

A los pocos días estábamos otra vez Emilio y yo en su apartamento, no de muy buena disposición ni con buen semblante, simplemente atentos a lo tan importante que Rosario nos tenía que decir. Se le sentía la ansiedad por vernos o al menos por soltar lo que tenía guardado, se veía cansada, trajinada, y aunque no estaba gorda, sí se notaba que lo había estado, porque trató de engañarnos metiendo en su ropa de siempre una carne que necesitaba de ropas más holgadas.

—Gracias por venir, muchachos —así empezó—. Yo sé que ustedes están muy berracos conmigo, pero si les pedí que vinieran es porque ustedes son lo único que me queda en el mundo.

Comenzó hablando de pie, con dificultad para hilar las palabras, pero después de las primeras frases tuvo que sentarse, como cuando vio la foto de Ferney en el periódico, con la diferencia de que ahora luchaba por no dejar salir las lágrimas, pero se le quebraba la voz cuando dejaba ver sus sentimientos, cuando se refería a nosotros como lo único —ahora sí— que le quedaba.

—Yo sé que ustedes no están de acuerdo con muchas de las cosas que yo hago —continuó—, y que muchas veces les he prometido que voy a cambiar pero que siempre vuelvo a lo mismo, eso es verdad, pero lo que yo quiero que entiendan es que no es culpa mía, cómo les dijera, es como algo muy fuerte, más fuerte que yo y que me obliga a hacer cosas que yo no quiero.

Todavía no entendíamos muy bien para dónde iba Rosario con su historia. Miré a Emilio de reojo y lo vi igual de boquiabierto que yo, seducido y embrujado por los ojos de Rosario, que se movían hacia todos los ángulos buscando las ideas que justificarían sus acciones.

—Lo que ustedes no saben, muchachos, es lo difícil que ha sido mi vida, bueno, algo les ha tocado, pero mi historia comienza mucho más atrás. Por eso es que ahora sí estoy decidida a que todo va a cambiar, porque tengo que hacer algo que borre definitivamente todo ese pasado y toda esa vida mía que fue tan dura, pero si quiero olvidarme de todo eso me toca trabajar duro y buscar una salida definitiva, ¿sí me entienden?

Emilio y yo nos volvimos a mirar: no entendíamos nada, pero sin ponernos de acuerdo seguimos en silencio. No queríamos hablar, tal vez para agredirla, para no participar en sus pensamientos y que le tocara a ella sola desenredar su propuesta.

—Miren, muchachos —comenzó a acelerarse—: lo que les quiero decir es que yo no estoy dispuesta a seguir viviendo así, pero necesito contar con ustedes para eso, no tengo a nadie más, nadie que esté dispuesto a acompañarme en los planes que tengo, además creo que a ustedes también les interesa cambiar, porque lo que les voy a proponer es para que ahora sí definitivamente salgamos de pobres.

Emilio y yo nos quedamos de una pieza, como si sus palabras nos hubieran hecho tragar una varilla, consternados por el impacto de sus últimas palabras. A ella la vimos sonreír por primera vez en esa tarde, con los ojos muy abiertos esperando nuestra reacción. Ahora sí tocaba romper el silencio.

—Perdoname, Rosario —le dije—, pero hasta donde yo sé, ni vos ni nosotros somos pobres.

—Ya te lo dije, parcero. —Se puso de pie y comenzó a caminar de un lado a otro—. Ya te lo dije: todo esto es prestado y el día menos pensado me lo quitan, y a ver, ¿vos tenés mucho?, ¿y vos, Emilio?, perdónenme pero ninguno de los dos tiene ni culo, todo es de sus papás, el carro, la ropita, todo se lo han dado, ustedes ni siquiera tienen un cagado apartamento donde vivir, ¿o me equivoco?

—Y entonces ¿qué es lo que querés? —preguntó Emilio desafiante.

—Si me dejás de hablar golpeadito te lo explico —le contestó ella en el mismo tono.

La reunión se estaba calentando. Ya todos estábamos de pie y muy inquietos, conociendo su escuela no era difícil imaginarse las intenciones de Rosario. A mí de todas maneras nunca me han gustado las discusiones.

—Es muy fácil —explicó ella—. El negocio es redondo, yo ya tengo todos los contactos, los de aquí y los de Miami.

—¡¿Los de dónde?! —interrumpió Emilio.

195

—¡Ay, Emilio, no seás güevón! —dijo Rosario—. Para esto toca tener contactos aquí y allá, ¿o es que pensás meterte en esto solito?

—¡Ni solito ni acompañado! —le contestó—. ¿Vos qué estás creyendo, Rosario?

—¡¿Y vos de dónde pensás que sale todo el perico y todo el bazuco que te has metido?! ¿Creés que cae del cielo o qué?

Por un momento pensé que se iban a dar puños. A mí no se me ocurría cómo bajarle el tono al altercado, además por experiencia sabía lo cara que podía salir una intromisión.

—Mirá, Rosario —dijo Emilio—: te equivocaste de socios, acordate de que nosotros somos gente decente.

—¡Decente! ¡Juá! —replicó furiosa—. Lo que son es unos güevones.

—Vámonos —me dijo Emilio.

Yo miré a Rosario pero ella no se percató, estaba resoplando con la cabeza hacia abajo y los brazos cruzados, recostada contra la pared. Emilio abrió la puerta y salió, yo quería decir algo pero no sabía qué, por eso me decidí a decirle: «Rosario, no sé qué decir», pero ella no me dejó, antes que yo pudiera abrir la boca me dijo:

—Andate, parcero, largate vos también.

Levanté los hombros en un gesto imbécil y salí mirando al piso. Emilio estaba al pie del ascensor, oprimiendo con insistencia el botón para bajar, pero antes que se abriera vimos a Rosario asomar la cabeza y gritarnos desde la puerta:

—¡Así son ustedes! ¡Se creen de mejor familia y va uno a ver y son unos pobres hijueputas!

Cerró de un portazo cuando nos metimos al ascensor. Estábamos tan sulfurados que no nos dimos cuenta de que en lugar de bajar, íbamos para arriba.

Esperé unos días para llamarla aunque seguía sin saber qué decirle. La idea era neutralizar un poco los ánimos, de paso averiguar algo más sobre los propósitos de Rosario y si todo coincidía con mis suposiciones, tratar de disuadirla para que no cometiera una locura. Eran tan impredecibles sus reacciones que no me extrañó encontrarla de buen ánimo, cuando lo que esperaba era una situación semejante a la última que tuvimos. Me dijo que estaba cocinando algo delicioso y que me invitaba para que lo compartiéramos.

—¡Qué casualidad, parcerito! —me dijo—. Lo hice pensando en vos.

Aunque no creí mucho en esa casualidad, al rato estaba con ella, comiéndonos algo que además de no tener nombre, tampoco tenía sabor, pero me encantó verla gozar con su experimento. Después, nos sentamos junto a la ventana para ver la ciudad de noche, las luces titilantes que tanto le gustaban a Rosario; entraba una brisa fresca y con la música y el vino daban ganas de eternizar ese momento. De pronto cambió el semblante, como si todo eso que a mí me inspiraba a ella le comenzara a doler, me pareció que se le habían encharcado los ojos, pero también podrían ser las luces de la ciudad reflejadas en ellos.

—¿Qué te pasa, Rosario?

Tomó de su vino, y para sacarme de dudas se limpió los ojos llorosos.

—De todo, parcero.

Volvió a mirar hacia la ciudad y echó la cabeza un poco hacia atrás, tal vez para que la brisa le refrescara su cuello.

—Me pasa de todo —dijo—. La soledad, la muerte de Ferney, el viaje...

Sentí un eco duro dentro de mi cabeza, la palabra en un golpe seco y después repitiéndose con fuerza: «el viaje, el viaje, el viaje». Quise entender que se trataba de otra cosa, de otro viaje, pero nada ganaba con engañarme, finalmente sabía a lo que ella se refería pero no quería hablar de eso.

—¿Cómo te fue con lo de Norbey? —le pregunté.

—Ferney —corrigió sin ganas—. Fue horrible, no te imaginás cómo me lo dejaron, no le cabía una bala más, no sé para qué le metieron tantas, con una hubieran tenido. Lo mataron con rabia.

Se le escapó otro par de lágrimas que trató de embolatar con un gran sorbo de vino. Como se le aflojó la nariz se la limpió con una servilleta.

—El pobre Ferney siempre sufrió con su mala puntería —continuó—. A lo mejor por eso lo mataron. Se puso de confiado a amarrarse los tres escapularios en la muñeca para que no le fuera a fallar el pulso y se quedó sin el del corazón para protegerse y sin el del tobillo para volarse. Muy güevón, Ferney.

—Pero ¿lo pudieron enterrar?

—Claro —me dijo—. Cerquita de Johnefe.

La brisa le empujó el cabello sobre la cara y con ese gesto que yo tanto adoraba se lo colocó detrás de las orejas, me miró y me sonrió sin motivo, o por lo menos yo no se lo había dado.

—Cuando te sintás sola —le dije—, no dudés en llamarme.

Creo que ahora sí le había dado un motivo para sonreír y así lo hizo de nuevo. Me apretó el muslo, como solía manifestar su afecto, y después a tientas buscó mi mano, sin inmutarse cuando por encontrarla rozó el bulto entre mis piernas. Finalmente la encontró, abierta, lista para que ella la tomara.

—Me vas a hacer mucha falta, parcero —me dijo—. Te voy a extrañar mucho.

Esa noche no pegué el ojo pensando en una ausencia que parecía definitiva. Me invadió una angustia que iba aumentando con el insomnio al imaginarme la vida sin Rosario, pensaba que era prácticamente imposible seguir sin ella y azuzado por los recuerdos me aferraba a esa idea. Abrazado a la almohada sentí pasar nuevamente uno a uno los sentimientos que ella me despertaba, y con ellos volvieron a mí las mariposas en el estómago, el frío en el pecho, la debilidad en las piernas, la desazón, el temblor en las manos, el vacío, las ganas de llorar, de vomitar y todos los síntomas que atacan a traición a los enamorados. Cada minuto de esa noche se convertía en un eslabón más de la cadena que me ataba a Rosario Tijeras, un peldaño más de la escalera que me conducía hasta el fondo, minutos que en lugar de coincidir con la claridad del amanecer me sumían en un túnel oscuro, igual al de ella y del que tantas veces le pedí que saliera. Sólo pude dormir un poco cuando ya el sol pegaba con fuerza a través de las cortinas y ya me había vencido la idea de seguir a Rosario en su carrera loca.

Los días que siguieron no fueron distintos a esa noche, yo más bien diría que peores, con dudas y temores permanentes, con la certeza de que definitivamente sin ella no podría y alimentado por la esperanza del último de la fila que se consuela con lo poco que le den, con lo que quede, con las sobras que los demás dejaron, o en el caso de Rosario, ilusionado porque ahora ella estaba sola y aparentemente no tenía a nadie más que a mí. Tal vez eso fue lo que más alimentó mi idea de seguirla: la recompensa que recibiría como premio a mi incondicionalidad. El resto eran partes de la película que yo me había armado, Rosario sola, sin Emilio, porque yo estaba decidido a no contarle nada de mis planes, sin Ferney, porque estaba muerto, sin los duros de los duros, porque era precisamente de ellos de quienes quería separarse; sola conmigo, en otro país y con el antecedente de una noche juntos, qué más podría pedirle a la vida.

Pero como la vida rara vez nos da lo que le pedimos, esa vez tampoco quiso hacer una excepción. Llamé a Rosario decidido a aceptarle su propuesta, pero eso sí, con algunas variantes: me iría con ella pero no participaría en su negocio, yo sería simplemente su acompañante, viviría con ella donde ella quisiera, pero lo del negocio, no, no podía. Sin embargo, mi angustia dio un giro, porque la llamé muchas veces y no la encontré, me respondía su contestador y ella no me devolvía las llamadas. Yo conocía los motivos de sus anteriores desapariciones, por eso esta vez mi desespero fue mayor, porque no había una razón conocida para que Rosario se hubiera ido así como así. De pronto recordé su «me vas a hacer mucha falta, parcero», y pensé que tal vez ésa fue su despedida, discreta y sin mucho ruido, «te voy a extrañar mucho», un adiós muy evidente pero que yo en ese momento no entendí. Hablé con Emilio para ver si podía sacarme de la duda, pero yo sabía más de ella que él. Además, visitarlo no fue una buena idea.

—Y te voy a pedir un favor —me dijo—: no me volvás a hablar de ella.

—Tranquilo —le dije— que ya no se va a poder: Rosario se fue del todo.

—Si se fue, mucho mejor.

Yo no entendí cómo pudo alegrarse, seguramente porque nunca la quiso, al menos no tanto como yo, que no sabía qué hacer, ni para dónde coger ni cómo seguirla. Me puse a andar por ahí, sin rumbo fijo, buscando posibles lugares donde podría encontrarla; recordé ese edificio donde me habían enviado a pedir algún dinero, las calles empinadas del que fue su barrio y otro par de sitios adonde misteriosamente iba Rosario con alguna frecuencia. Opté por ir a su propio edificio, tal vez le hubiera dicho algo al portero. Los porteros siempre saben algo.

—Claro que sí, parcero —me dijo el hombre—. La señorita acaba de llegar. Subí tranquilo.

Subí lo más rápido que pude, por las escaleras, la paciencia no me dio para esperar el ascensor. Timbré y toqué al mismo tiempo, y después del quién es, soy yo, abrió la puerta y me le lancé en un abrazo, como abrazaríamos a un muerto si éstos pudieran resucitar.

—¡Me voy con vos! —le dije—. Te voy a acompañar.

Después fue ella la que me abrazó fuerte, aunque me pareció que no fue por alegría, la sentí temblar, por eso pienso que más bien fue por miedo, y después cuando me tomó las manos para agradecerme, las sentí más frías que siempre y tan sudorosas que no era fácil agarrarlas.

—¿Dónde andabas? —le pregunté.

—Preparando todo —me dijo—. Vos sabés.

Yo no sabía nada y tampoco quería saber. No le dije las condiciones con las que viajaría. No me atreví, decidí dejarlo para después, no podía estropear este encuentro que ya me parecía imposible, claro que cuando vi una maleta lista, empacada y esperando junto a una puerta, entendí que no podía aplazarle mucho lo de mis requisitos.

—¿Cuándo te vas? —le pregunté.

—Cuándo nos vamos —corrigió—. Yo te aviso.

Los momentos que siguieron resultaron tan confusos y tan extraños que todavía me es difícil precisarlos. No recuerdo exactamente el orden en que ocurrieron ni el tiempo en que se desarrollaron, era de noche, eso sí, no hacía mucho que yo había llegado y lo que siguió, creo, fue el estrépito de la puerta abriéndose de un solo golpe, después el apartamento invadido de soldados armados y apuntándonos y uno de ellos vociferando órdenes. A mí me arrastraron hacia un cuarto y a Rosario hacia otro; me hicieron tirar al piso, me pusieron un pie encima, en la espalda, y frente a mi nariz colocaron unas fotos con unas cifras enormes que anunciaban una recompensa; eran las fotos de ellos, los duros de los duros, los patrones de Rosario. Me los mostraron a todos, cada foto acompañada de un interrogatorio, que dónde están, que qué parentesco tengo con ellos, que por qué los escondo, que cuándo los vi por última vez, y cada pregunta reforzada con el pie sobre mi espalda. Entraban y salían hombres, lo único que se escuchaba eran pasos y susurros, a Rosario no la oía, pregunté por ella y no me contestaron, después entró otro y le mostró algo al que hablaba más fuerte, «mire lo que encontramos», yo alcé la mirada, era una pistola, la de Rosario, «no tiene documentos», volvió a decir el otro, después más silencio, hasta que el que hablaba duro dijo «llévenselos» y pensé que ahí la vería, que nos llevarían juntos, pero no fue así, no sé si a ella se la llevaron primero, no la vi cuando me sacaron, tampoco la vi después cuando mi familia resolvió mi problema, ni cuando yo volví a preguntar por ella y me dijeron que otra gente le había resuelto el de ella, no la vi más, ni al día siguiente ni cuando fui a buscarla a su edificio y el portero me dijo que ella se había ido de viaje, no la volví a ver sino hasta esta noche, cuando la recogí y la traje, tres años después, cuando ya me había hecho a su desaparición, cuando ya su recuerdo había sacado callo, hasta hoy, hasta este preciso instante en que por fin sale un médico, creo que fue el que la recibió, lo veo hablar con la enfermera, me señala, me apunta con su dedo como si fuera el tubo frío de una pistola, me apunta, viene, tiene el tapabocas bajo su quijada, tiene la barba trasnochada, camina despacio con pasos ingrávidos, me mira mientras se acerca, tiene los ojos rojos y cansados, tiene sangre en su bata, es él, ahora estoy seguro, él fue quien la recibió, ha dejado de señalarme, ahora estoy seguro, ahora lo entiendo. Me tapo las orejas para no oír lo que me va a decir. Aprieto los ojos para no ver dibujadas en sus labios las palabras que no quiero escuchar.

DIECISÉIS

«Hasta la muerte te luce, Rosario Tijeras», no se me ocurre nada más al verla tendida para siempre. No fui capaz de levantar la sábana, alguien más lo hizo. Y si no me lo hubieran contado creería que estaba dormida, así dormía, con la apariencia tranquila que no tenía mientras estaba despierta. «Hasta la muerte te luce», no la recordaba así de hermosa, el tiempo había comenzado a borrármela, tal vez en algún momento me tocará agradecerle este instante a la vida, si no hubiera estado aquí su cara se me habría extraviado en la memoria. Me gustaría besarla, recordar el sabor de sus besos, «tus besos saben a muerto, Rosario Tijeras», ya Emilio me lo había advertido y yo pude comprobarlo después, se lo dije cuando la besé, cuando no sé por qué comenzamos a agredirnos, después de querernos, como cobrándonos el pecado, o porque así era su forma de querer, o porque así es el amor. Hubiera bastado con echarle la culpa a los tragos, no era necesario ofendernos, ninguno de los dos tuvo la culpa, o si la hubo la tuvimos los dos, así son las cosas.

—Y vos, parcero, ¿alguna vez te has enamorado?

Recuerdo que lo poco que preguntó lo hizo en un tono infantil, una mezcla extraña de niña y mujer, utilizando ese tono contemplado con el que las mujeres buscan hacerse querer. Le respondí. Muy cerca de su cara, porque durante las preguntas ya estábamos muy cerca, por eso no tuve que hablar fuerte para responderle que sí, que todavía lo estaba, y ella me preguntó bajito: «¿Y de quién?», y aunque ella sabía la respuesta, yo le contesté más bajito aún: «De vos». Hubo un silencio en el que prevaleció la música y se afilaron los sentidos para comenzar a sentir lo que tanto habían esperado. Cuando abrí los ojos ya no pude mirarla porque estábamos nariz con nariz, con mi frente apoyada en la suya, con mis manos sobre sus muslos y ella también acariciando los míos. También sentimos el aliento a aguardiente y el aire contra las bocas, después el roce de las mejillas apretando cada vez un poco más la una contra la otra, hasta que se encontraron los labios, hasta que se buscaron y se encontraron, y cuando ya estuvieron juntos no quisieron separarse, sino que con más fuerza se pegaron y se abrieron, y se mordieron y se esculcaron con las lenguas, se pasaron su sabor a trago y a muerto, «tus besos saben a muerto», recordé, pero también sabían a ganas de seguir, a ganas de lo que siguió, lo que seguimos con las manos y el cuerpo mientras nuestros dientes se rayaban entre sí, cómo voy a olvidarlo, si mis manos se electrizaron cuando las metí por primera vez bajo su blusa, y después fueron violentas, fuimos violentos, porque así es el amor desesperado, y nos rasgamos la ropa, de un solo envión le quité su camisa con la agradable sorpresa de que no tuve que quitarle más, y ella de un solo envión me quitó la mía, y sin separar las bocas le desabroché el bluyín, y ella paró de arañarme para desabrocharme el mío, y en un segundo, entre gemidos y mordiscos y las manos sin dar abasto, quedamos como queríamos.

—Parcero... —dijo pegada a mi boca.

—Mi niña... —dije. Después no pude decir más.

Lo que siguió ha sido mi más bello y doloroso secreto, y ahora que ella está muerta, seguirá siendo para siempre más secreto y, mucho más todavía, entrañable y doloroso. Voy a repasarlo a diario para que siempre vuelva fresco, como acabado de suceder, por eso me gustaría besarla ahora, para recordar otra vez su boca, aprovechando que sus besos siempre sabrán a lo mismo. Besarla ahora con la certeza de que no se desquitará conmigo el peso de sus culpas.

—Emilio lo tiene más grande que vos —me dijo después, cuando se le empezaron a bajar los tragos y ya no se podía deshacer lo hecho. Ya no había música ni luz, sólo la que entraba por la ventana, yo estaba desnudo a su lado y ella medio se cubría con una sábana. Se quedó en silencio esperando mi reacción, pero como yo no entendí ese paso intempestivo del amor al odio, tardé en responderle. En lo primero que pensé, antes que me venciera el dolor, fue en esa manía que tienen las mujeres por compararlo todo; después, ya destrozado, pensé en lo miserable que sería mi vida con el recuerdo de una sola noche, porque en ese instante no me cupo la menor duda de que lo nuestro fue sólo eso, la reacción de Rosario no daba para pensar en algo más. Sin embargo, no sé cómo saqué fuerzas para lanzarle mi dardo y no quedar como ella me quería ver.

—A lo mejor no es cuestión de tamaño —le dije—, sino que conmigo te mojás más.

Con la mirada me remató. Se cubrió hasta la nuca y me dio la espalda. Ya comenzaba a amanecer. Yo me le acerqué un poco más, no estábamos tan lejos el uno del otro, al fin de cuentas compartíamos la misma cama y me dolía resignarme a que esa fuera la única vez, por eso me arriesgué a demostrarle una vez más lo que hacía unos minutos le había hecho saber. Con mis dedos busqué su hombro y tiré un poco de la sábana para encontrar algo de piel, pero ella se encogió bruscamente y sin mirarme me devolvió a mi esquina.

—Mejor durmámonos, Antonio —me dijo.

Me puse la almohada sobre la cara y lloré, me la apreté con fuerza para que no me entrara aire ni me saliera llanto, para morirme como quería en ese instante, junto a ella y después de haber tocado el cielo, muerto de amor como ya nadie se muere, seguro de no poder vivir ya más con el desprecio. Después aflojé la almohada, quería que ella se enterara de lo que había hecho, en lo que me había convertido, y a propósito solté mis sollozos, no tuve que fingirlos porque ahí estaban y los tuve durante mucho tiempo después, no me importó que me sintiera llorando, ya no tenía nada que perder. No me miró, ni se dio vuelta ni dijo nada. Sé que estaba despierta, no era tan descarada como para dormirse, algo en el alma se le tendría que haber movido también, además se sacudió cuando en voz alta y con las palabras muy medidas le dije:

—Las tijeras son tu chimba, Rosario Tijeras.

«Eso es todo, Rosario», sigo hablándole en silencio, como siempre, «se nos acabó todo», me muero por besarla, «ya te lo dije: te voy a querer siempre», me muero por morirme con ella, «y te voy a querer más en cada cosa que te recuerde, en tu música, en tu barrio, en cada palabrota que escuche y hasta en cada bala que suene y mate», le tomo la mano, todavía está caliente, se la aprieto esperando un milagro, el prodigio de sus ojos negros mirándome o un «parcero, parcerito» saliendo de sus dientes, pero si no lo hubo cuando pretendí que ella me quisiera, ahora menos, cuando nada arregla lo irremediable. Todavía tiene sus tres escapularios, no le sirvieron para nada, «te gastaste tus siete vidas, Rosario Tijeras».

Uno siempre se pregunta dónde anda Dios cuando alguien muere. No sé qué voy a hacer con todas las preguntas que aparecerán a partir de ahora, ni qué voy a hacer con este amor que no me ha servido para nada. Tampoco sé qué voy a hacer con tu cuerpo, Rosario.

—Lo siento, pero necesitamos esta sala —me dice alguien con frialdad.

Tengo que dejarla, mirarla por última vez y dejarla, la última vez que estoy con ella, la última que cojo su mano, la última, eso es lo que duele. No quisiera irme sin besarla, la última vez, el último beso del último de la fila. Ya no puedo, ya es tarde como siempre, se la llevan de su último mundo, rodando sobre la camilla, todavía tan hermosa, «eso es todo, Rosario Tijeras».

ÍNDICE